KB144929

지금 물 올리러 갑니다

 009 **라면**

지금 물 올리러 갑니다
윤이나

이 책은 라면 1인분을 끓이는 과정의 기록이면서,

동시에 나에게 가장 맛있고 간편한

한 끼를 먹이는 일의 가치에 대한 이야기다.

드디어 올 것이 왔습니다. 대한민국 모든 국민이 사랑해 마지않는, 라면. 끓여 먹고, 비벼 먹고, 볶아 먹고, 섞어 먹고, 심지어 아무런 조리 없이 그냥 먹기도 하는, 라면. 그 종류만 해도 수십 가지, 아니 수백 가지쯤 될까요? 매년 신제품이 쏟아져 나왔다 사라지는 가운데 수십 년째 우리의 식탁에 오르는, 그 자체로 고유명사가 되어버린 라면도 있습니다.

세계라면협회(WINA)의 최근 자료에 따르면 우리나라 1인당 라면 소비량은 연간 75.1개. 만약 김치찌개, 부대찌개 등 온갖 국물 있는 음식에 추가해 먹었던 라면 사리까지 포함한 숫자라면, 저는 분명 대한민국 평균치를 올리는 데 꽤나 큰 기여를 한 것도 같네요.

라면에 관한 3대 거짓말을 아시나요? "한입만." "한 젓가락만." "국물만." 이렇게 말하는 사람을 믿고 라면 하나만 끓였다가 식은 밥이 남았던가 밥통을 열어보고, 그러고도 모자라 결국 다시 냄비에 물을 받기도 합니다. 기왕 또 끓이는 거 이번에는 아예 두 개면 어떨지 조금 고민하기도 하고요.

라면이 생각나는 순간은 사실 배가 고플 때보다 어딘지 마음이 헛헛할 때가 더 많았던 것 같아요. 저녁밥 두둑하게 먹은 날에도 한밤중에 괜히 일어나 라면을 찾게 되는 것 보면 말이지요. 라면은 단순히 우리의 위장을 채워주는 음식에 그치지 않습니다. 지금껏 살아온 생의 거의 모든 날을 통틀어보아도 이토록 한결같은 맛으로 우리를 안심시키는 음식도 드물 거예요. 우리는 알고 있습니다. 라면 회사에서 시키는 대로 정법 정량만 지킨다면 누구나 익숙한 맛을 금세 낼 수 있다는 것을요. 대단한 노력 없이도 나를 기쁘게 하는, 과연 한 봉지의 유혹이 아닐 수 없습니다.

　이 책은 조금 다른 시선으로 라면을 이야기합니다. 남이 끓여준 라면이 제일 맛있다는 속설 따위 걷어차버리고, 내가 오직 나만을 위해 정성껏 끓여낸 1인분의 라면을 최우선으로 칩니다. 라면에 있어서만큼은 꽤나 진지하고 진심인 이 사람.

　윤이나 작가는 "한입만." "한 젓가락만." "국물만."으로부터 비교적 자유로운 1인 가구의 세대주입니다. 누구의 간섭도 없이 오로지 나의 의지로 '재미있고 맛있는' 하루하루를 채워가는 인생은 마치 모자라지도 넘치지도 않는, 1인분의 라면과 닮아 있습니다.

Editor 김지향

차례 ————

라면이 우리를 완전케 하리라

"이나 님이 안성탕면 할아버지랑 다를 게 뭐예요?"

내가 질문을 받았던 순간, 이 책은 시작됐다.

처음 안성탕면 할아버지에 대해서 알게 된 것은 2019년 5월, 〈삼시 세끼 안성탕면〉이라는 제목의 기사를 통해서였다. 강원도 화천군에 거주하시는 박병구 어르신이 1994년 장협착증을 앓고 난 뒤부터 삼시 세끼 라면을 드신다는 내용이었다. 사실 화제가 되었던 첫 기사와는 달리 할아버지 역시 세끼 다 안성탕면만 드셨던 건 아니라고 한다. 라면이 주식이었을 뿐 체질이 바뀌면서 다른 음식도 많이 드신다는 내용의 기사가 2019년 말 추가로 나오기도 했다.

이 기사를 통해서 농심의 소고기라면이 해피라면으로, 그리고 안성탕면으로 넘어가는 과정에 대해서 알게 됐다. 처음에는 쇠고기면을 소고기라면으로 잘못 쓴 게 아닐까 생각했지만, 쇠고기면은 삼양의 제품으로 소고기라면과는 다른 제품이었다. 결국 라면 업계도 서로를 참고하고, 비슷하지만 다르고, 하지만 착각하기 쉬운 제품을 내놓으며 경쟁하고 또 성장한다는 사실도 알게 됐다. 나의 관심 범위 내에서 비교하자면 예능 프로그램과 비슷한 것도 같다.

나는 이런 생각을 하면서 기사를 꼼꼼히 읽고 내용을 잘 기억해두었다. 기억하기 위해 애쓰지도 않았는데 저절로 기억이 됐다. 그건 한 편의 이야기였기 때문이다. 한나 아렌트는 슬픔은 이야기로 만들면 견딜 수 있다고 했는데, 이런 방식으로 말하자면 이야기가 된 모든 것은 잊히지 않고 기억에 남을 수 있는 것이다.

얼마 후, 망원의 한 빈대떡집에서 나는 옆자리에서 함께 라면을 건져 먹고 있던 친구 황효진(작가, 한때 하우스메이트)에게 열과 성을 다해 내가 기억하는 할아버지의 사연에 대해서 이야기해주었다. 그랬더니, 바로 그 질문을 듣게 된 것이다. 나는 본능적으로 반박했다.

"적어도 나는, 세끼 다 라면을 먹지는 않⋯잖⋯아⋯요⋯."

말줄임표 사이에 생략된 것은 이런 것들이었다. 내가 보통 하루 한 끼는 라면이나 큰 범주에서 라면과 다름없는 음식을 먹는다는 것, 평균적으로는 일주일에 3회 정도 라면을 먹는데 사회생활을 하는 30대 여성의 이런 식습관은 본질적으로 안성탕면 할아버지의 식습관과 엄청난 차이가 있지 않다는 것, 그러므로 보통 내 나이 또래 여성의 평균 식습관과 할아버지의 식습관을 양끝에 둔다면 나는 할아버지 쪽에 치우쳐 있다는 것을 빠르게 깨달았고 이를 인정해야 하는 현실에서의 당혹감 같은 것. 이 당혹감은 어린 시절, 친구네 집에 갔을 때 화장실 휴지를 거는 법부터 평소 마시는 물의 종류며 빨래를 개는 방식 등이 모두 다르다는 것을 알게 되었을 때의 감정과 비슷했다. 그러니까 친구들은 라면을 나(와 우리 아빠)처럼 자주 먹지 않는다는 것을 알았을 때의 충격 말이다.

새로운 라면이 나오면 기억해두었다가 꼭 먹어보는 일, 나만의 기준으로 엄선한 라면을 종류별로 떨어지지 않게 쟁여두는 일, 라면을 끓이는 방식에 대해서 정확한 기준과 이론을 가지는 일, 기분과 상황에 따라 각기 다른 라면을 먹는 일이 보편이 아니라는 것이 나에게는 여전히 의아하지만, 친구들은 도리어 라면을 대하는 나의 태도에서 기이함을 느껴왔다는 사실을 나는 뒤늦게 알았다.

친구들 중 누구도 나처럼 안성탕면 할아버지의 기사를 보자마자 빠르게 클릭하고 진지하게 정독하지 않았다는 것이 나를 슬프게 했다. 안성탕면 할아버지가 다른 어떤 라면도 아닌 안성탕면만을 드시게 된 이유가 아마도 된장 베이스의 수프 때문일 거라는 가설은 얼마나 흥미로운가? 혹시 다른 라면을 시도해보지는 않으셨을까? 할아버지는 안성탕면을 비빔면의 형태로 만들고 채소를 곁들여 드셨다고 하는데, 수프를 제외한다면 채식에 가까웠던 건 아닐까? 이런 생각을 한참 하고서야 나는 이 기사가 왜 나를 사로잡았는지 알게 됐다.

라면에 관해서라면 나는, 그 누구보다 진지하기 때문이다.

라면 봉지 뒷면에 조리법이 적혀 있다는 것은 모두가 알 것이다. 대체로 2단계, 혹은 3단계로 구분이 되어 있는데, 어떻게 나누어져 있든 마지막 단계는 "김치, 파, 달걀을 곁들이면 더욱 맛있습니다."라는 문장의 변형이기 때문에 사실상 단계의 구분이 없다고 봐도 무방하다. 조리법을 정리하면 '물을 끓인 뒤 면과 수프를 넣고 마저 끓인다.' 이게 전부다. 물론 넣어야 하는 물의 권장량이 라면마다 다르고• 면과 수프를 넣은 뒤 끓이는 시간도 다르며 이 때문에 조리법에 대해서는 수없이 다양한 의견이 덧붙여질 수 있겠지만, 그렇다고 해서 라면을 끓이는 과정이 달라지는 것은 아니다.

라면은 세상의 그 어느 음식보다 간편한 음식이다. '라면 끓이기보다 간단한 파스타 레시피' 같은 것이 돌아다니는 걸 보면 알 수 있다. 이건 오직 1등을 불러올 때만 가능한 비교의 방식이기 때문이다.

• 대체로 물은 500~550ml를 넣으라고 적혀 있는데 흥미로운 점은 같은 550ml를 삼양라면은 '종이컵 3컵'으로, 오뚜기 진라면은 '2컵과 3/4컵'으로, 농심의 사리곰탕면은 '3컵 정도'라는 애매한 표기를 하고 있다. 결국 물의 양은 매우 유동적일 수 있다는 의미로 해석되어, 최적의 맛을 찾기 위해서는 조리법에 구애받지 않고 적합한 물의 양을 찾아야 한다는 나의 라면 조리 이론을 뒷받침하는 근거로 사용될 것이다.

라면은 객관적 평가가 불가능한 맛에 대한 부분을 제외하면 저렴함과 간편함 모두를 잡는 유일한 음식이다. 나트륨 함량이 높아 건강과는 거리가 멀다는 치명적인 약점은, 만들기 조금 까다롭고 가격대가 있는 음식을 다른 끼니에 챙겨 먹는 것으로 각자 알아서 균형을 맞춰나가면 된다. 그건 라면의 일이 아니다. 라면은 한 봉지에 1,000원을 넘지 않는 선에서 나름대로 완전하다.

무엇보다 한 봉지에 1인분이라는 점이 완전함의 정점이다. (물론, 비빔면의 경우 대중적으로 합의된 다른 의견이 있을 수 있음을 밝혀둔다. 이는 비빔면에 대한 내용에서 따로 언급할 것이다.) 수많은 식재료에서 일부를 떼어내어 시간과 정성을 들여 만들어내는 1인분의 가치를 모르는 것은 아니지만, 고달픈 삶의 순간마다 내게 한 봉지의 1인분이 있고 그걸 단 5분이면 먹을 수 있는 상태로 만들어낼 수 있다는 사실이 든든하게 느껴진다. 제대로 끓인다면 맛도 충분히 보장되어 있는 것은 물론이다.

이 책을 끝까지 다 읽는다면 적어도 1인분의 라

면을 맛있게 끓일 수 있는 방법은 알 수 있도록 썼다. 그렇게 쉬운 일을 위해 책 한 권씩이나 읽어야 하는지 의문이 들고 있다면, 그런 당신이야말로 끝까지 읽어야 한다. 간단하고 쉬워 보이는 일에 숙련되기까지의 과정, 그리고 삶과 라면이 만나는 순간을 담은 이야기들을 읽고 난 다음이라면, 평범한 라면 끓이기도 조금 더 재미있고 한층 맛있는 일이 될 테니까.

'재미있고 맛있다'는 표현이 스스로 마음에 든다. 만약 어딘가 재미있고 맛있는 세상이 있다면, 그곳이 내가 가장 살고 싶은 곳일 것만 같다. 나는 아마 거기서도 라면을 먹으며 농담을 하고 있겠지.

첫째, 라면을 끓이기 전에

지금 집에 라면이 있는가? 있다면 다행이고, 없다면 라면을 사러 가자. 네 개나 다섯 개들이 번들보다는 낱개 구매를 추천한다. 이왕 다양한 맛의 라면이 존재하는데 굳이 한 종류만 고집할 이유는 없다. 무엇보다 번들 형태는 가격이 아주 조금 저렴한 대신 추가 비닐 포장 쓰레기를 배출하는 문제가 있다. 대형 마트는 대형이 아니랄까 봐 라면을 번들로만 판매하는 경향이 있으므로 나는 낱개 구매가 가능한 편의점을 선호하는 편이다. 생각보다 자주 있는 투 플러스 원 행사를 노릴 수도 있다.

　낱개 구매를 추천하는 또 하나의 이유는 유통기한 때문이다. 라면은 유통기한이 생각보다 짧다. 평균 5개월 정도로 반년이 채 되지 않는다. 박스로 구매를 했다가는 유통기한이 끝나기 전까지 먹지 못하기 십상이다. 1인 가구라면 말할 것도 없다. 많은 사람들이 흔히 간과하는 부분인데 라면은 끓는 물이 필요하기 때문에 전쟁 식량으로도, 비상 상황에 대비한 사재기 음식으로도 적합하지 않다. 이 사실을 꼭 알았으면 하는 사람이 있는데… 우리 아빠가 이 책을 읽고 있는지 모르겠다.

우리는 다르고 닮았다

명절이나 가끔의 주말, 엄마와 아빠가 살고 있는 경기도 하남의 집에 간 나는 안방의 장롱에 기대어 앉아 초코 다이제스티브를 먹으며 말한다.

"아빠. 전쟁이 나면 있잖아. 비상식량으로 사재기를 하려면 라면 말고 이런 걸 사놔야 하는 거야."

아빠는 별말을 다 한다는 듯이 나를 쳐다본다. 아니 그러니까, 아빠. 라면은 유통기한이 짧고 조리하는 데 뜨거운 물까지 필요하니까 전쟁 때 그걸 끓여 먹을 시간 같은 건 없다고요. 이런 당분이 묻은 압축된 탄수화물의 형태가… 나는 마저 떠들어보지만 아빠는 관심이 없다. 아빠에게 전쟁은 중요하지만 선거철이 아닌 이상에야 리얼 버라이어티나 가창 서바이벌, 그리고 종편의 정치 프로그램보다 중요하지는 않다. TV에서 흘러나오는 소리들이 소음으로 들려 피곤해지지만, 나는 오랜만에 부모님과 함께하는 시간을 보내는 만큼 조금만 더 노력해보고고 한다.

"아빠, 배 안 고파? 엄마, 우리 저녁 뭐 먹어?"

아빠는 요새 통 입맛이 없다고 한다. 대체로 통 입맛이 없다고 하기 때문에 나는 별 신경을 쓰지 않는다. 하지만 이번엔 진짜라고 한다. 그래? 그거 큰일이네. 그럼 우리 뭐 먹어? 아빠는 심각한 표정을 하고 누워 있던 몸을 일으켜본다.

"이나야. 라면이나 좀 끓여봐라."

그럼 그렇지.

어릴 때는 '닮았다'는 말을 이해하기 어려웠다. "딸이 아빠를 닮았네." 같은 말을 들을 때, 사람들이 비슷하다고 느끼는 점이 무엇인지를 잘 알 수 없었다. 아빠와 나는 둘 다 피부색이 어두운 편이기는 하지만 똑같은 톤은 아니었고, 이목구비의 모양도 달랐으며, 둘 다 얼굴에 점이 많은 편이기는 했지만 위치와 개수가 달랐다. 닮은 건 비슷한 거라는데, 내 눈에는 비슷한 부분이 하나도 보이지 않았다. 어릴 때는 모든 것을 접사하듯이 들여다보았기 때문에 더욱 그랬을 것이다. 전체의 조화나 공통점보다는 작은 부분의 미세한 다른 점이 먼저 눈에 들어왔다. 가족이든 형제든, 다른 점이 훨씬 많은데 굳이 비슷한 무엇을 찾는 것이 이상했다.

어른들은 아무 데나 '닮았다'는 표현을 썼다. 얼굴의 모양을 보고도, 행동을 보고도 그랬다. 엄마도 나에게 그 말을 자주 했는데, 특히 미간을 찌푸리면 아빠와 똑같다고 했다. 아빠는 호랑이 상으로, 미간에 내 천(川) 자 모양의 골이 깊은 주름이 있어서 더욱 무서워 보인다. 이 이유 때문에 내가 처음으로 알게 된 한자 역시, 내 천 자였다. 나는 한글과 약간의 한자를 더 읽게 된 이후에도 나와 아빠가 닮았다는 말을 잘 이해하지 못했지만, 그 말을 일찌감치부터 들어온 탓에 미간을 찌푸리는 버릇과 미간의 주름을 눌러 펴는 버릇을 동시에 가진 어린이가 되었다.

윤이나 어린이는 라면을 좋아했다. 아마 좋아한다고 느끼기 전부터 먹었던 것 같다. 아빠가 라면을 좋아했기 때문에 가족이 자주 라면을 먹었고, 자연스레 라면에 익숙해진 게 순서였을 것이다. 그래서 첫 라면이나 첫 컵라면은 기억에 없다. 다만 첫 왕뚜껑만은 또렷히 기억하고 있다.

왕뚜껑은 "왕입니다요!"라는 광고 카피로 유명

한데, 그전에 이미 "뚜껑에 덜어 먹는 팔도 왕뚜껑"이라는 CM송이 있었다. CM송이라기보다는 카피에 가락(멜로디와는 다르다.)을 붙인 느낌이지만 따로 설명할 방도가 없으니 CM송이라고 하자. 왕뚜껑이 출시되었던 1990년, 국민학교 1학년생이었던 나는 라면을 뚜껑에 덜어 먹는다는 콘셉트에 반했다. 집에 있는 시간에는 거의 TV에 붙어 지냈던 나에게 라면을 양은냄비에 끓여서 뚜껑에 덜어 먹는 것은 숱한 드라마 속 화면을 통해 외우게 된 일종의 공식이었는데, 우리 집에서 라면을 끓이는 데 썼던 냄비는 양은냄비도 아니었고 뚜껑도 없었다. 왕뚜껑으로 그 로망을 실현시킬 수 있다는 사실을 깨달았을 때 얼마나 기뻤는지. 그러니 아빠가 왕뚜껑을 사 온 날도 이토록 정확하게 기억을 하고 있는 것이다.

상을 펼치고 아빠와 나, 그리고 오빠가 둘러앉았다. 엄마는 장사를 하고 있었는지 기억에 없다. 왕뚜껑을 뜯어보니 정말로 다른 컵라면들과는 달리 닫히는 형태의 플라스틱 뚜껑이 있었다. 반만 뜯어낸 종이 뚜껑이 뜨지 않도록 책을 올려놓지 않아도 된다니, 이게 바로 발명이 아닐까? 에디슨이 된 기분으로 뜨거운 물을 붓고, 뚜껑을 닫고, 아무것도 위에 얹지 않고 가만히 익기만을 기다렸다. 시계를 보고 시간을 쟀을지도 모르겠다. 아빠는 마치 내가 에디슨을 생각한 것을 알았다는 듯이, 냉장고에서 달걀을 꺼내왔다. 물론 품지는 않았고, 닫아둔 뚜껑을 연 다음 날달걀을 깨 넣고서는 다시 뚜껑을 닫았다.

도대체 그 달걀은 뭐였을까? 돌이켜 생각해봐도 이유를 알 수가 없다. 이런 취향의 입맛이 있다고는 하지만, 적어도 내가 알기로는 그날 이후 아빠가 컵라면에 달걀을 넣어 먹는 일은 없었다. 그날따라 이상하게 달걀이 먹고 싶었을 수도 있을 것이다. 아니면 젊은 아빠의 젊은 친구들 중 한 명이 그렇게 먹으면 맛있다고 말해줬을지도 모른다. 아무튼 아빠의 왕뚜껑에서만 달걀이 함께 익어갔다.

나는 호기심에 아빠의 달걀 왕뚜껑을 먹어보겠다고 말했다. 모두의 컵라면이 다 익자 뚜껑을 열었고, 아빠는 달걀 왕뚜껑 한 젓가락을 덜어 나의 뚜껑 위에 놓아주었다. 기대하며 맛을 보았지만, 어딘지 비렸다.

지금 생각해보면 매운맛이 도드라지지 않는 편

인 왕뚜껑과 달걀의 조합이 좋았을 리 없다. 나는 바로 흥미를 잃고 내 몫의 라면을 뚜껑 중앙에 있는 원모양의 홈에 넣고 CF를 최대한 따라하면서 먹는 데 집중했다. 맛보다는 갓 출시된, 광고로 화제가 된 라면을 내가 먹고 있다는 기분이 중요했던 것 같다. 학교에 가서 친구들에게 "너 왕뚜껑 먹어봤어? 난 먹어봤어."라고 말할 수 있을 테니까. 나는 또래의 친구들이 하지 못하는 일을 하고, 먹지 못하는 음식을 먹고, 보지 못하는 책을 본다는 것에 큰 자부심을 가지는 어린이였다. 내게 라면을 먹는다는 건 바로 그런 일이기도 했다.

짜파게티를 처음 먹은 기억 속에도 아빠가 있다. 누구나 짜파게티 요리사가 될 수 있는 일요일이었을까? 모르겠다. 그저 내가 TV와 광고에 지나치게 영향을 받는 어린이였다는 사실만 다시금 확인할 수 있을 뿐이다. 일요일이든 아니든 엄마와 아빠, 오빠와 나라는 짠 듯한 구성원의 4인 가족이 상에 둘러앉아 짜파게티를 먹던 풍경만은 선명하다. 나는 아직 학교를 다니지도 않을 때였다.

내가 그날을 기억하는 이유는 아빠가 짜파게티에 고춧가루를 쳤기 때문이다. 당연히 나는 이해가 가지 않았다. 한 봉지로 완벽한 음식에 무언가를 더 하려고 하는 태도에 관한 의문을 미취학 아동 때부터 가졌던 셈이다. 하지만 이제는 지금의 내 나이에 더 가까웠을 그때의 아빠를 이해한다. 나는 국물이 있는 거의 모든 라면을 먹을 때 김치나 다른 반찬을 곁들이지 않지만, 특별히 짜파게티를 먹을 때만큼은 꼭 김치가 필요하다. 그게 아니라면 사천 짜파게티를 먹는다. 아빠가 짜파게티의 느끼함을 매운맛으로 해소하려고 했던 것을 이제 나는 안다.

사천 짜파게티나 〈기생충〉으로 전 세계에 알려진 대한민국의 특별한 인스턴트 누들 조합인 짜파구리(짜파게티+너구리)가 만들어내는 맛의 균형도 같은 이치라고 할 수 있겠다. 짜장면의 느끼함을 단무지로 잡느니 처음부터 쟁반짜장을 (비록 가격이 두 배일지라도!) 시키는 태도 같은 것을, 아빠한테 배웠다. 중화요릿집 테이블 위에는 고춧가루가 당연히 놓여 있다는 사실을 알기 이전의 일이었다.

그러고 보면 아빠에게서는 대체로 '짜파게티에

고춧가루를 뿌리면 맛있다'와 비슷한 것을 배워왔던 것 같다. 의미 있는 것을 배우지 않았다는 게 아니다. 인간은 말과 글도 배워야 하고 도덕과 예의범절도 배워야 하지만, 컵라면 뚜껑을 원뿔 모양으로 접어 앞접시 대용으로 쓰는 법도 배워야 하니까 말이다. 아빠는 후자를 가르쳐주는, 실은 가르쳐준다기보다는 그냥 보여주는 그런 사람이었다.

닮아도 너무 닮았지만 달라도 너무 다른 사람과 가족으로 사는 일은 그리 쉽지 않았다. 어릴 때는 내가 자식이고 어리다는 이유로 홀로 차이와 불공평을 감당한다고 믿었지만, 이제는 아빠 또한 나와 사는 일이 그리 쉽지 않았을 것을 안다. 이제라도 알게 되어 다행이라고 생각한다.

떨어져 산 뒤에야 알게 된 것 말고, 아빠에 관해 내가 오래도록 알아온 것은 이런 것이다. 나의 아빠는 나에게 두발자전거 타는 법을 알려준 사람이고, 라면과 짜파게티를 맛있게 먹는 법을 안다. 아빠는 내가 어떤 과자를 맛있게 먹으면 그 과자를 오늘도, 내일도, 다음 주에도, 내년에도 사 오는 사람이지만,

거의 모든 것에 쉽게 질리는 딸이 이미 그 과자는 쳐다보지도 않는다는 건 또 모른다. 딸과 정치적 견해가 끝과 끝에 있지만, 정치 얘기는 딸과 하는 게 재밌다. 피부색이 어둡기 때문에 옷은 밝은색이나 원색을 선택하고, 강원도 7번 국도와 TV, 그리고 라면을 좋아한다. 이 정도만 알고 있어도 가족으로서는 충분하다. 어쩌면 가족이라서 충분하다.

아빠는 요새도 입맛이 없다고 누워 있다가도 라면을 끓인다고 하면 슬그머니 일어나 앉는다. 먹고 싶은 게 없다면 어쩔 수 없다는 듯이 라면을 먹는다. 특정 라면만 고집하지는 않지만 옛날 라면 맛을 좋아해서, 집에는 안성탕면과 삼양라면이 떨어지지 않는다.

딸이 오전에 깨어 있는 일이 거의 없다는 것을 알 생각이 없는 것인지 받아들이지 못한 것인지 여전히 아무 때나 전화를 건다. 전화를 걸어서 언제 오냐고 묻곤, 밥 잘 챙겨 먹으라고 한다. 통화의 전후로 내가 라면을 먹었거나 먹게 될 확률은 매우 높지만, 나는 그러겠다고 한다. 그러면 아빠는 말한다.

"딸, 사랑한다."

세상 그 누구보다 무뚝뚝한 얼굴을 하고는 사랑한다는 말만큼은 절대 아끼지 않는 사람과 나는 닮았다. 특히 입맛이, 가장 닮았다.

둘째, 편의점, 마트, 슈퍼마켓, 그 어디든

그렇다면 이제 라면을 잘 골라보자. 세상에는 두 종류의 음식이 있다. 라면과 라면이 아닌 음식. 이 분류는 아주 간단해 보인다. '무엇이 라면인가?'라는 질문에 제대로 답하기만 하면 되기 때문이다.

일단 여기서의 라면을 한국식 인스턴트 라면으로 정의하면, 대체로 심플해진다. 봉지나 용기에 담겨 있고, 상온 보관이 가능하며, 수프는 별첨되어 있는, 뜨거운 물에 끓이거나 담가서 익혀 먹는 면요리가 바로 라면이다. 유탕면으로까지 좁혀보고 싶은 마음이 없지는 않지만, 건면이라든가 생면을 쓰는 라면 시장도 요즘 들어 더욱 분명해졌으니 조금 여유를 두고 선을 그어본다. 가루수프를 선호하지만 액상수프를 사용하는 것도 용납할 수 있는 범위다.

아, 또 하나. 한 봉지에 2,000원 이하일 것. 원래 이 기준은 1,500원이었는데 최근 몇 년 사이 많이 올라갔다. 물가가 상승하는데 라면이라고 영원히 같은 가격일 수는 없을 것이며, 물가 상승률 정도는 감안한 선에서 2,000원으로 정리한다.

내게는 또 하나의 분류법이 더 있다. 라면 그 자체이냐, 다른 음식의 맛을 내려는 라면이냐. 나는 후

자의 라면에 대해 상당히 가혹한 편이다. 친구들 사이에서 '라면박사'로서의 면모를 뽐낼 때라면 "그건 라면도 아니야."라고 말했을 것이다. 이렇게 에둘러 가는 이유는, 당연한 얘기지만 제품 자체에는 악감정이 없기 때문이다. 단지, 다른 음식의 맛을 내려는 라면으로 하여금 스스로 질문을 던지게 하고 싶을 뿐이다. 라면은 라면이기 때문에 맛있는 것인데, 도대체 왜 다른 음식이 되려고 하는 것일까? 우리는 라면을 끓일 것이므로, 오직 라면으로서 충분한 라면을 골라야 한다.

그 무엇의 라면이 아닌 라면

나는 육개장을 좋아한다. 어느 정도로 좋아하냐면, 망원동의 유명한 육개장집에서 5분 거리에 살던 시절에는 너무 자주 가다 보니 어쩐지 머쓱해져서 핑계를 만들어서 갔을 정도다. 오늘 정말 우울한 일이 있었고, 그렇다면 나는 육개장집에 갈 거야. 보드를 타다가 팔꿈치에 금이 가서 깁스를 한 날도 육개장집에 갔다. 오른팔에 깁스를 하고 멀뚱히 앉아 있는 나에게 젓가락 대신 포크를 내어준 사장님의 센스는 잊지 못할 것이다. 잘되는 집은 정말이지 이유가 있다.

중요한 계약을 한 날도 그 육개장집에 갔다. 몰입해서 먹느라 아끼는 흰 티셔츠에 육개장 국물이 튀어버리는 불상사가 있었지만, 아쉽지는 않았다. 친구들은 그 시기에 내가 무슨 말만 하면 "어쩔 수 없네, 내일은 육개장을 먹을 수밖에."라고 나를 놀리곤 했다.

어찌 됐든 그런 이유로 나는 '육개장칼국수'를 줄인 '육칼'이라는 이름의 인스턴트 라면이 풀무원에서 새로 나온다고 했을 때 상당히 기대했다. 굵은 면을 선호하지 않기 때문에 칼국수 스타일의 면도 좋아하지 않고 건면보다는 언제나 유탕면을 선호하지만, 다른 무엇이 아닌 육개장이라는 점에서 나를 기대하게 만들었다. 육개장이란, 빨간 국물 음식의 궁극이 아닌가 나는 생각한다. (개인적으로 장례식장에서 육개장 두 그릇을 먹는 건 혹시 예의에 어긋나는 건지 언제나 궁금하다.)

물론 한국인에게 육개장이란 장례식장에서 먹는 그 육개장과, 작은 사이즈 컵라면의 클래식이라고 할 수 있는 농심 육개장 사발면, 두 가지로 나뉜다고 보아도 좋을 것이다. 하지만 육개장 사발면은 특유의 맵지 않으면서 기름진 국물과 아주 얇은 면이 완벽한 조화를 이루는 것과는 별개로, 육개장과는 애초에 전혀 상관이 없는 맛이다. 물론 그 점이 육개장 사발면의 최고 장점이지만 말이다. 여하튼 나는 사발면 말고 요리로서의 육개장 양념을 넘치도록 재현하면서도, 라면답게 MSG의 감칠맛이 살아 있기를 기대했다. 육개장을 느낄 수 있게는 하면서도 인스턴트다울 것. 내가 너무 많은 것을 바라는 걸까? 하지만 이건 본질에 대한 이야기다. 어떤 음식의 대체제가 아니라, 그냥 라면이어야 한다는 것.

내게는 라면을 평가하는 데도 기준이 있다. 콘텐츠를 평가할 때의 기준과 똑같다. 읽어보고 이야기하듯이, 먹어보고 이야기한다. 의외로 육칼의 첫인상은 좋은 편이었다. 적당히 기대를 충족하는 수준이었다. 별점을 준다면 세 개에서 세 개 반 사이 정도로, 생면을 강조한 게 의아할 만큼 생면이 장점인 라면이 아니었는데, 그래서 별점 반 개를 더 줄수 있었다. 생면이 문제라는 건 아니다. 단지 그 점이 크게 도드라질 필요까지는 없다는 게 나의 입장이다. 다시 한번 말하지만 생면인 것이 도드라지는 면요리를 먹고 싶다면, 도대체 왜 라면을 먹느냐는 말이다.

면 이야기를 뒤로하면, 생각보다 국물이 꽤 괜찮았다. 적당한 정도로만 육개장이 생각날 듯 말 듯한 풍미가 있으면서 라면답게 적당히 자극적인 맛이었다. 출시된 후 꽤 오랫동안, 나의 라면 서랍장에는 육칼이 한 개 정도 늘 상주하고 있었다. 그때까지만해도 라면 라인업을 짤 때, 후보군 정도에는 언제나올려줄 만한 균형감 있는 라면이었다.

문제는 리뉴얼이었다. 출시 후 반응이 생각보다신통치 않았는지, 그게 아니면 개성이 없다고 생각했는지, 제조사의 생각과 사정까지는 내가 알 수 없는 일이다. 하지만 어떤 이유 때문인지 육칼은 빠르게 리뉴얼을 했다. 많은 리뉴얼이 그러하듯이 새로운 시작에는 위험을 감수한 어떤 선택이 따라온다.

육칼의 경우 그 선택은 바로, 육개장 맛에 충실하겠다는 것이었다. 식당에서 판매하는 그 육개장 칼국수의 맛을 목표로 삼은 것이다. 느낌이 오는가? 이미 방향이 틀렸다는 강렬한 예감 말이다.

마라탕으로 예를 들어보겠다. 나는 지금처럼 마라탕이 짜장면과 같이 토착화된 한국 음식으로 정착하기 이전부터, 유명한 마라탕집을 찾아서 서울의 구석구석을 기웃거려왔을 정도로 마라탕을 좋아한다. 하지만 삼양의 마라탕면도 잘 먹는 편이다. 이 라면은 애초에 마라탕이 될 수 없다는 것을 잘 알고 있는 라면이기 때문이다.

마라탕은 국물만큼이나 그 안에 내가 원하는 종류의 온갖 재료들, 야채와 고기, 해산물, 최소 5종에서 많게는 10종 정도 되는 면과 떡을 포함한 탄수화물 덩어리들을 넣고 싶은 만큼 넣어서 끓여 먹는 게 중요한 음식이다. 건더기수프 정도로는 이 재료들에 대항할 수 없다. 그렇기 때문에 마라탕면은 마라향과 그 알싸한 매운맛을 살짝 스쳐지나가게 하는 라면이기를 선택했다. 얼마나 영리한 포기인가? 마라탕이 될 꿈일랑 애초에 꾸지 않는 것이다. 그리고 나는 그 정도면 마라를 향한 욕구를 가볍게 충족시킬 수 있다. 정말 마라탕이 먹고 싶을 때는 마라탕을 먹으러 길을 나서면 되고, 그렇게까지는 아니지만 마라향이 가볍게 생각나면 마라탕면을 먹으면 된다.

하지만 육칼은 마라탕면과 달리 욕심을 부렸다. 그 어떤 라면도 육개장이 될 수 없는데, 육개장이 되려는 리뉴얼을 한 것이다. 구체적으로 뭘 어떻게 했는지는 모르지만 육개장 맛을 강화하려는 시도 때문에 육칼은 어딘가 맹맹한 국물을 갖게 되었다. 육개장 국물도 라면 국물도 아닌. 리뉴얼 전에는 적어도 육개장칼국수라는 이름의 라면 국물이었는데, 그 맛조차 사라졌다.

리뉴얼이 된 육칼을 먹으면, 나는 쓸쓸해진다. 그건 더 나은 나, 더 괜찮은 내가 아니라 더 멋진 다른 사람이 되고 싶은 누군가를 볼 때의 마음과도 비슷한 것 같다. 1,000원이 조금 넘는 인스턴트 라면에서 사람들이 기대하는 건 육개장이 아니다. 내가 좋아하는 육개장은 한 그릇에 8,000원으로, 반찬으로 섞박지와 김치가 곁들여지고 계절과일 한 조각이 디

저트로 함께 나온다. 나는 육개장을 먹고 싶으면 그 가게로 갈 것이다.

지금 내가 먹고 싶은 것은 라면이다. 라면은 먹고 싶은 어떤 음식을 대체해서 가성비로 먹는 그런 카테고리의 음식이 아니다. 라면은 오직 라면이라서 먹는 것이다. 적어도 나는 그렇다.

셋째, 컵라면을 골랐다면

오늘의 라면을 선택했다면 이제 계산을 하고 돌아오면 된다. 하지만 어딘가 아쉬운 마음이 든다면? 컵라면을 하나 같이 사보자. 디저트 같은 게 아니고 왜 컵라면인가 싶겠지만, 살다 보면 컵라면이 필요한 순간이 얼마나 자주 찾아오는지 모른다. 편의점에서 그냥 뭔가 더 사야 할 것 같은 생각이 들면 나는 무조건 컵라면을 산다.

라면의 진수는 물이 끓는 과정에서 면으로 수프의 국물 맛이 배어드는 데 있기 때문에 뜨거운 물에 그냥 익히는 컵라면은 완전하게 느껴지지 않지만, 간편함으로는 봉지라면을 이기는 유일한 음식이 컵라면이다. 봉지라면이 없을 때 아쉬운 대로 컵라면을 먹을 순 있어도 컵라면이 먹고 싶은 순간 봉지라면을 먹는 건 불가능하다. 왜냐하면 귀찮음을 가중시키는 방향이기 때문이다.

컵라면은 '즉석' 혹은 '즉각', 심지어는 '순간'이라는 뜻의 인스턴트(instant)라는 단어 그 자체다. 가장 빠르고 간편하게, 물의 양을 가늠하는 정도의 노력조차도 필요 없이 얻을 수 있는 보장된 맛의 유혹 앞에 나는 툭하면 넘어간다. 뜨거운 물을 붓고 아무

것도 하지 않으며 기다리는 3분은 플랭크를 할 때만큼 느리게 흐른다.

다섯 개의 컵라면

살면서 가장 많은 컵라면을 먹은 시기는 호주 브리즈번에서 지냈을 때다. 만 서른이 되던 해에 워킹 홀리데이 비자로 호주에 간 나는 남반구의 계절로 초여름에서 늦가을까지 6개월 동안 어느 닭공장에서 오후반으로 근무했다. 공장이 아무것도 없는 허허벌판에 있었기 때문에 매점 음식이 아니라면 저녁 도시락을 싸 가야 했다. 한화로 계산하면 6,000원 정도를 지불해야 하는 매점의 음식은 내 인생 서른 해를 아무리 돌아보아도 손에 꼽을 정도로 맛이 없었으므로, 도시락을 싸는 것은 선택이기보다는 필수였다.

아무리 나라고 해도 매일 컵라면을 먹을 생각이었던 것은 아니다. 공장 일은 순수한 육체노동이었기 때문에 영양소 면에서 컵라면보다는 나은 음식을 먹을 필요가 있었다. 그래서 살면서 처음으로 영양소의 균형을 고려한 도시락을 싸서 출근해야겠다는 큰 꿈을 품었다. 호주는 소고기와 야채가 저렴하기 때문에 처음 만든 도시락은 스테이크 샐러드였다. 이틀 만에 포기했다. 스테이크를 데우기 위해서 저녁 시간에 전자레인지 앞에 줄을 서는 것이 귀찮았고, 낮에 구워졌다 밤에 데워진 고기는 질겼으며, 무엇보다 남은 근무 시간 동안 도무지 힘이 나지 않았기 때문이다. 역시 중노동에는 탄수화물이 필요하다는 것을 나는 다시금 깨달았다. 다음 도시락을 준비하면서 같이 살던 친구에게 퀴즈를 하나 냈다.

"너 축구 선수들이 경기 전에 먹는 음식이 뭔지 알아?"

친구는 갸웃하며 대답했다. "고기?" 땡! 이 질문을 하면 대부분 단백질이 들어간 음식을 답한다. 정답은 파스타다. 탄수화물이 정답이라는 의미다. 역시 힘을 내야 할 때는 탄수화물이지! 나는 파스타를 만들어서 도시락통에 담아 소중히 들고 갔다. 그렇게 저녁식사 시간이 되어 도시락통을 '짠!' 하고 열었더니 우동면처럼 퉁퉁 불은 파스타가 날 기다리고 있었다. 포기가 빠른 편이라 다행이라고 생각하며, 나는 저녁식사를 컵라면으로 통일하기로 결정했다. 출근하기 시작한 지 일주일 만의 일이었다.

　매주 월요일 출근길, 기차를 타기 전 한인마트에 들르는 것으로 한 주를 시작했다. 각각 다른 종류의 컵라면 다섯 개를 사서 모조리 사물함에 넣어두었다가, 저녁 시간이 되면 내키는 맛으로 골라 먹었다. 그때는 처음으로 해보는 육체노동에 적응하는 일이 너무나 힘들어서, 영양 불균형 같은 건 생각조차 하지 못했다. 탄수화물과 나트륨이 주는 즉각적인 행복과 힘이 가장 절실했다. 내수용과는 전혀 다른 수출용 컵라면의 맛을 확인하거나, 수출용으로만 출시되는 새로운 라면의 맛을 보는 일이 내가 저녁식사에 기대하는 전부였다.

　언어라는 건 참 이상해서 모국어가 아닌 언어로 말할 때는 조금 다른 사람으로 살게 되기 마련이다. 원래 말이 빠른 나는 영어로도 빨리 말하는 편인데, 머릿속의 번역이 입을 따라가지 못해 말이 막히는 구간이 생기는 게 싫어서 말수를 줄였다. 영어가 제

2외국어인 동료들과 함께 이야기할 때는 대화가 겉도는 게 싫어서 대체로 듣는 쪽을 택했고, 내 이야기는 잘 하지 않았다. 되도록이면 일대일로 이야기를 나눌 때 말을 많이 하려고 했다. 하지만 일대일로 대화를 나눌 상황이라는 게 그렇게 많지 않은 데다가 이전에 일하던 곳에서의 친구들을 자주 만나는 탓에 공장 동료들의 모임에는 자주 빠지게 되면서 나는 팀에서 조금 미스터리한 인물이 되어갔다. 정작 당사자인 나는 그걸 몰랐다. 나는 거의 언제나 공장 바깥을 생각하고 있었고, 무표정한 얼굴로 집중해 일을 해치우곤 그 누구보다 밝게 웃으며 퇴근하는 사람이었다.

그래서인지 그 시절에는 오해를 많이 받았다. 크지만 작은 공장에는 말이 많았고, 원하든 원하지 않든 출신국과 고용 상태로 구분지어지고, 별 의미 없는 말과 행동이 부풀려져 소문이 돌곤 했다. 내가 참석하지 못한 어느 주말의 워홀러 동료 모임 후, 한국인 친구인 제시카가 나에게 한 소문의 전말을 들려주었다.

"애들이 너를 상당히 오해하고 있더라고."

대부분 동양인이고 20대인 워킹 홀리데이 비정규 계약직 동료들이 내가 모임에 참석하지 않는 이유가 돈이 없어서라고 추측하고 있다는 이야기였다. 그리고 '돈이 없어서'에는 수많은 상상의 사연들이 달라붙어 있었다. 동료들은 내가 저녁식사를 한 뒤에 후식을 먹고 또 술까지 마시러 가면 돈을 많이 쓰게 되니까 모임을 피한다고 생각했다.

그 근거가 바로 컵라면이었다. 저녁식사로 매일 컵라면을 먹는다는 건 말이 안 된다는 것이다. 이나는 돈을 정말 아끼는 것 같아. 돈을 모아서 꼭 해야 할 일이 있는 건 아닐까? 이나는 이곳의 삶을 즐기지 못하는 것 같아. 자꾸 오해가 더해지는 이야기를 듣고 있던 제시카는 같이 일하는 동료들이 마음대로 상상하는 게 불편해서 굳이 해명해주었다고 했다.

"이나는 그걸, 그냥 좋아하는 거야."

동료들이 모두 제시카를 쳐다보았다. 제시카는 다시 힘주어 말했다. 그러니까 이나는, 코리안 인스턴트 누들을 정말로 좋아해. 좋아서 먹는 거야. 그리고 아마 이나가, 우리 중에 돈을 제일 막 쓰고 즐기며 살고 있을걸? 걔는 절대 돈을 아끼지 않아.

역시 여러모로 내 친구다운 대답이었다. 나는 당시 환율로 한화 100만 원 이상의 주급을 벌었다. 아무리 몸이 힘들었어도 큰돈은 큰돈이었다. 호주에 가기 전 한국에서 했던 일들을 생각하면 엄두도 나지 않을 정도의 액수였다. 그랬기 때문에 오히려 더, 이방인인 나를 잘 먹이고 잘 입히고 좋은 곳에 데려가는 데 쓰려고 했다. 조건과 위치가 좋은 집에 살았고, 방에는 꽃을 꽂아두었고, 한국에서 책을 배송받아 보았고, 주말마다 최선을 다해 놀러 다녔다.

"근데 이제 저축 좀 해야겠다. 애들이 나를 그렇게 짠순이로 보는데, 기대에 보답을 해야지."

말만 뱉어놓았지 딱히 저축을 하진 않았고, 그 뒤로도 별생각 없이 계속 식탁 맨 끝자리에 앉아 컵라면을 먹었다. 맛의 밸런스를 위해 다섯 번의 저녁 식사 중 한두 번은 국물이 연한 편인 쌀국수 컵라면을 배치했고, 2주 동안은 같은 종류의 컵라면을 먹지 않는 방식으로 철저히 컵라면 식단을 구성했다. 라면마다 개성이 다르므로 질리지 않았다. 그런데도 공장에 있는 시간 중에 저녁 시간이 가장 힘들었다.

돈을 벌기 위해 호주에 갔으면서도 하루 중 가장 많은 시간을 쓰고 있는 일에서 돈 외의 가치나 의미를 찾기 어려운 상황이라는 걸 갑자기 느끼게 되곤 했기 때문이다. 정작 일하는 동안은 몸이 힘들어 그런 생각을 하지 못했는데, 저녁 시간에는 쓸데없는 생각들이 이어졌다.

그래도 컵라면을 먹을 때면 하루가 지나갔다는 것을 알 수 있어서 좋았다. 일력을 뜯는 식으로 시간의 흐름을 확인하는 의식을 거치지 않아도, 사물함 속 컵라면 개수가 줄어든다는 것을 확인하면 휴일까지 남아 있는 날짜를 가늠할 수 있었다. 시간은 한 주, 컵라면 다섯 개라는 단위로 흘러갔다.

내가 컵라면을 육십 개 정도 먹었을 때, 우리 팀의 워홀러 중 가장 젊은 홍콩인 동료가 공장을 관두겠다고 말했다.

"나는 젊으니까, 여기서 쓰레기 같은 일을 하면서 시간을 낭비하지 않을 거야."

그 말도 역시 소문이 되어 퍼져나갔다. 이상한 기분이 들었다. 나 역시도 친구들에게 늘 이 일을 관두고 싶다고, 돈을 버는 것만이 유일한 목적인 일을 하는 건 시간 낭비 같다고 말해왔으면서도, 동료의 그 말은 어떤 이유가 됐든 남아 있는 사람에게는 상처가 됐다.

공장에는 암묵적인 규칙이, 보이지 않는 선이 많았다. 그 선이 선명하게 드러나는 곳이 바로 저녁 식탁이었다. 정규직과 비정규직, 현지인과 이민자, 이민자들도 피부색에 따라 다른 테이블에 앉았다. 뜨내기일 수밖에 없는 워홀러들은 따로 앉았다. 자리가 정해져 있는 건 아니었지만 모두 그렇게 했다. 그들은 그냥 친한 사람들끼리 앉는 거라고 생각했을 수도 있다. 하지만 머릿속으로 진짜 어떤 생각을 했는지는 알 수 없는 일이다. 제대로 된 대화를 하지 않았고, 또 할 수 없었기 때문에 오해에 대한 확신조차 없었다.

아마도 나는 그 시기를 인스턴트로 여기고 있었던 것 같다. 순간이자, 임시의 삶. 누구보다 그 순간을 즐기고 있다고, 이국에서의 삶을 한껏 누리고 있다고 생각하면서도 나의 다음이, 이어지는 삶이 거기에 없다는 걸 알고 있었다. 공장 안에서의 삶도, 공장 바깥에서의 삶도 마찬가지였다. 정해진 기한을 두고 어딘가에 머무는 사람들이 대개 그러하듯이, 이건 임시일 뿐이라고 생각하지 않으면 견뎌지지 않는 현실이 거기에도 있었다. 그렇게 끓지는 않을 만큼 미지근하게 익어가다가, 먹어버리면 끝나는 순간들이었다.

보이지 않는 선의 언저리에서 줄을 타면서 모든 일을 바라보고만 있었던 것은, 공장의 작업복과 장화를 벗어던질 날이 법적으로 정해져 있었기 때문이었다. 그 식당 어딘가의 한 자리가 지정석인 사람들에게는 나조차도 컵라면 같은 인간이라는 걸 잘 알고 있었고, 그래서 선을 지키고 싶었다. 나의 관심은 오로지 하나, 컵라면 다섯 개를 다 먹은 후, 금요일의 마지막 작업을 끝내고 공장 밖으로 나가는 순간에만 있었다. 그 주말에 만날 사람들과 가게 될 공간, 읽을 책, 먹게 될 음식과 마시게 될 커피, 바라볼 풍경만을 생각했다.

해야 할 일도, 써야 할 글도, 별다른 고민도 없는 주말을 보내고 다시 월요일이 오면 나는 출근에 앞서 한인마트에 들러 또 한 번 다섯 개의 컵라면을 살 것이었다. 그리고 그 시절은 정말 그렇게 끝났다. 평소와 똑같이 컵라면을 먹고, 계약 기간을 꽉 채워 일한 사람이 되어 공장을 떠나고, 다시는 출근하지 않는 방식으로.

얼마 전 나는 수출용 라면으로만 알고 있었던 인스턴트 도시락쌀국수를 망원시장 안의 서민구판장에서 발견했다. 중소회사 제품이라 다른 어디도 아닌 서민구판장에 있을 법했다. 반가운 마음에 호주에서 먹던 멸치육수 버전을 사 들고 돌아와 기대감에 차 먹어보았으나 안타깝게도 그때의 맛이 전혀 나지 않았다. 수출용 라면은 내수용에 비해 매운맛이 덜 나도록 간혹 수프의 성분을 조절한다고 하는데, 그런 문제는 아닌 것 같았다. 생각해보면 나는 유탕면을 선호하고 맑은 국물을 좋아하지 않으니 멸치육수 쌀국수를 먹으면서 맛있다고 느꼈을 리가 없다. 그러니까 아마도, 당시엔 별로 맛을 생각하지 않고 그냥 허기를 달래려 먹은 것이었겠지. 하루 분량의 기운을, 오늘 몫의 인스턴트를. 임시로. 잠시만.

맛없는 도시락쌀국수를 꾸역꾸역 먹으면서, 모순적이게도 그 시절의 경험이 내가 세계를 보는 방식을 바꾸어놓았다는 걸 깨달았다. 나 역시 떠나버린 동료처럼 속으로 나에게 이런 일이 무슨 소용이 있는지를 계속 물었는데, 그 질문은 내가 공장을 떠난 뒤에도 나를 떠나지 않았다. '한국인 여자 워홀러'로 규정짓던 말이나, 인종과 성별을 두고 오해나 소문이 작동하던 방식 역시 나의 위치에 대한 체험으로 뚜렷하게 남았다.

이후로도 KFC에서 치킨버거를 먹으며 공장의 닭들을 떠올릴 때뿐만 아니라 고기 소비와 환경의 상관관계를 떠올릴 때, 인종차별과 이민자에 대한 문제들을 접할 때, 아시안 그리고 여성으로서 세계 속의 나의 위치를 자각하게 될 때마다 호주에서의 저녁 시간을 떠올리게 되고 조금씩 계속 불편해졌다. 그 식탁 끝에서 오해나 소문을 모른 척하고 있을 때보다 오히려 더 불편했다. 정규직 동료들의 차를 얻어 타고 집으로 돌아가던 퇴근길, 모두가 서로를 조금씩 불쌍하게 여기면서도 나는 당신들과는 다른 사람이라고 생각한다는 것을 느끼던 때의 마음 같은 걸, 나는 그 식탁에 두고 오지 못했다. 나는 지금도 컵라면을 먹으면서 가끔 그 시절을 생각한다.

"이 일은 쓰레기 같은 일이 아니야. 그냥 일이지. 너에게 가치가 없는 일이라고 해도 그 일을 하고 있는 사람이 있는 한, 절대 쓰레기 같은 일이 되지는 않아."

그 시절 매일의 컵라면이 떠오를 때면 나는 이 문장을 영어로 바꿔보곤 한다. 사물함에 남은 컵라면의 개수로 이 공장에서 일해야 할 남은 날들을 헤아려보던 서른의 나에게도 그 말을 해주고 싶다고 생각하면서.

넷째, 물을 끓이기에 앞서

라면을 사서 집에 돌아왔다면 이제 물을 끓일 차례다. 컵라면의 경우는, 앞서 말했다시피 딱히 해 줄 조언이 없다. 애초에 용기에 여기까지만 물을 넣으라는 선이 있으니 넣고, 기다리라는 만큼 기다렸다가 먹으면 된다.

　　물을 끓이기에 앞서 필요한 도구들을 점검하자. 봉지라면을 끓이기 위해서는 냄비가 필요하고, 다 끓인 뒤에 옮겨 담을 그릇이 필요하다. 냄비 하나로 끝내는 것도 상관없다. 만약 라면을 끓이는 곳이 우리 집이 아니라서 사용하던 냄비가 없다면? 각기 다른 크기와 모양의 냄비 앞에서도 당황해서는 안 된다. 나는 프라이팬에 끓여 먹은 적도 있다. 프라이팬을 사용해야 하는 경우라면 꼭, 진라면이나 안성탕면처럼 사각형 형태의 판라면을 사 왔기를 바란다. 이런 라면은 중간의 접힌 부분을 반으로 쪼개 넓게 펼칠 수 있어서 프라이팬에서도 고루 익도록 끓일 수 있다. 결국 라면을 끓이고자 하는 의지가 있고 실제로 물을 끓게만 할 수 있다면, 양은냄비인가 무쇠솥인가, 가스레인지인가 인덕션인가 하는 문제는 그리 중요하지 않다.

나는 그래도 가스불을 무조건 선호했었는데, 라면 조리 전용 전기냄비를 사용해보고 생각이 바뀌었다. 내가 요새 가장 선호하는 방식은, 친구가 집들이 선물로 준 전기냄비에 끓여 작은 손잡이가 달린 컵수프용 머그에 덜어 먹는 것이다. 다 각자 편한 대로, 있는 대로 최선을 선택하면 된다. 장비발 같은 건 없다는 것 역시, 라면이 우리 모두를 위한 완전식품인 이유다.

전기냄비가 우리를 구원하리라

강원도 원주시 흥업면 매지리 회촌에 있는 토지문화관은, 이름에서부터 알 수 있듯 대하소설 『토지』를 쓰신 소설가 박경리 선생님이 설립한 재단에서 운영하는 문화관이다. 나는 문화예술인에게 창작실을 지원해주는 사업에 선정되었고, 잠시 해외에 다녀왔던 해에 서울에 집을 구하기 전까지 비는 여름 한 계절 동안 창작실에 거주하게 되었다. 그곳에서 책 한 권의 초고를 쓰고 단막극 원고 한 편을 수

정하겠다는 거창한 계획을 가슴에 품은 채, 실은 그리 멀지도 않으면서 괜히 비장한 마음으로 짐을 꾸렸다.

몇십 년 만에 가장 더울 여름이 예고되었는데, 창작실에는 에어컨이 없다는 사실을 알게 된 나는 그곳에서의 일상이 순탄치 않을 것을 예상했다. 일단 그해 7월은 정말로 너무나 더웠기 때문에 작가라는 거대한 범주의 직업 안에 또 각자의 장르를 가진 여러 선생님들과 함께 대체로 놀고 또 쉬면서 보낼 수밖에 없었다. 에어컨이 있는 카페라든가 도서관, 편의점, 마트, 베이커리나 음식점까지 가려면 한참이라는 것만 제외하면 의외로 불편한 건 별로 없었다. 경기도민으로 살아본 사람이라면 버스 시간에 맞춰 정류장에 대기하는 정도야 아무 일도 아닌 걸 알 것이다.

그 여름에 나는 세상의 모든 존재를 '선생님'이라고 불렀다. 만나는 모두를 그렇게 부르다 보니 입에 완전히 붙어버린 탓이었다. "간밤에 찾아왔다는 멧돼지 선생님이…"라고 문장을 시작하곤 하는 식이었다. 호칭을 선생님으로 통일하고 보니 어디에나 선생님이 있었다. 7월 한 달 사이 여름의 연례행사라는 멧돼지 선생님이 자녀들과 함께 다녀갔고, 포수 선생님도 다녀가셨으며, 어느 밤에는 보름달 선생님도 떴다 지며 착실하게 시간이 흘러갔다.

8월이 오기 전에 방을 바꾸기로 결심한 건, 한 방에만 욕조가 있다는 정보를 들어서였다. 어차피 함께 놀던 선생님들이 7월까지만 머물고 다 떠나게 된 참이었다. 정말 이제는 일을, 마감을 해야 할 때였다. 그사이 에어컨이 설치되는 기적이 벌어질 리 없으므로, 욕조가 있다면 더위를 이겨낼 수 있을 것 같았다. 그 여름의 더위는 정말 다시 생각해도 너무해서, 서울에서는 찬물을 틀어도 미지근한 물이 나오는 지경이라고 했다. 하지만 내가 있는 원주의 산골짜기에는 여전히 등골 서늘한 찬물이 콸콸콸 흘러나왔다. 그러니 정 안 되면 욕조에서 마감을 하면 된다는 것인 나의 극단적 구상이었다.

영화 〈트럼보〉의 주인공이 된 기분도 잠시, 그 방보다 더 좋은 방이 있다는 소식이 들려왔다. 욕조는 없지만 양쪽이 산이라 맞바람이 치고, 입구 하나에 방 하나라 어디에서도 안이 보이지 않아 독채처럼 쓸 수 있다며 7월에 그 방을 사용했던 소설가 선생님이 자랑했다. "어차피 선생님 방도 아니잖아요. 박경리 선생님 거잖아요."라는 말을 삼키고, 물과 바람 사이에서 고민하다가 바람을 택했다.

마지막 짐을 챙기러 온 7월에 퇴소하는 친구 신해연(극작가) 선생님이 혼자 남은 날 보더니 아쉬웠던 모양인지 가려다 말고 물었다.

"딱 하루만 더 놀까요, 선생님?"

나는 마감이 내일로 닥쳐온 상황만 아니라면 놀자는 제안을 거절하는 법이 없다. 신해연 선생님을 데려와 새 방을 자랑했다. 창과 현관을 터놨더니 확실히 시원했다. 더위에 시달렸던 7월을 생각하면, 바람은 축복이었다.

"근데 이나 선생님, 방충망이 터졌는데?"

"아, 그거 내가 아까 들어오다 밟았어. 모기 들어올까?"

"내가 그거 줄게요. 전기 모기채!"

신해연 선생님이 짐에서 전기 모기채를 꺼내주었다. 그러지 않아도 앞서 떠나간 다른 선생님들이 남은 식량과 구호 물품을 넘겨주어 든든했는데, 이제는 전기 모기채까지 가진 사람이 됐다.

"그리고 이것도. 짠!"

만난 지 한 달 됐지만, 역시 나를 아는 친구였다. 몰래몰래 작가들의 방을 넘어가며 돌아다녔다는 냄비형 전기포트가 신해연 선생님의 손 위에 있었다. 각 창작실에는 주전자형 전기포트가 하나씩 있었지만, 냄비형은 없었다. 휴게실에는 공용 전자레인지만 있고 가스레인지나 인덕션은 없었다. 간단하게 말해 창작실 건물에서는 취사금지. 얼마나 많은 문학하시는 선생님들이 여기서 몰래 음식을 만들어 먹기 위해 애를 썼을 것인가. 대부분은 안주였겠지만 말이다.

이 냄비형 전기포트를 가만 보고 있자니 시설 관리자 선생님들과 작가 선생님들 사이에 얼마나 많은 일이 있었을지, 듣고 보지 않아도 알 수 있었다. 그래도 사고가 나는 것보다야 취사금지가 훨씬 나을 것이고, 내 입장에서 아쉬운 건 라면을 끓여 먹지 못한다는 정도였다. 컵라면이 있긴 하지만, 컵라면은 컵라면이니까. 하지만 이제는 라면을 끓일 수 있다! 처음 창작실에 전기냄비를 들여놓았을 누군가로부터 달마다 전해 내려오고 있다는 그 냄비가 너무 소중해서 나는 환하게 웃으며 말했다.

"선생님. 나 갑자기 부자가 된 기분이야!"

냄비를 소중히 챙겨 넣어둔 뒤, 우리는 전기 모기채와 향초 사이에서 손전등을 꺼내들고 산책에 나섰다. 방충망을 다시 봤더니 구멍이 좀 크긴 했지만 괜찮을 것 같았다. 물론 예상하고 있겠지만 곧 괜찮지 않아진다. 돌이켜보면, 삶도 이야기도 모두 복선이 있다.

낭만적인 밤이었다. 적어도 멧돼지를 만나기 직전까지는 그랬다. 우리의 목적지였던 달이 잘 보인다는 복숭아밭에 가기 위해 옥수수밭을 지나고 있는데 어디선가 부스럭부스럭 소리가 들렸다. '설마?' 하는 사이에 눈앞으로 쏜살같이 새끼 멧돼지가 지나갔다. 우리는 무슨 명령이라도 받은 것처럼 뒤로 돌아 서로의 팔을 붙들고 두 배의 속력을 내어 창작실까지 달렸다. 나는 내 삶에서 멧돼지가 그토록 가까이 있는 나날을 보내게 되리라곤 생각해본 일이 없었다. 하지만 1년쯤 뒤에 부모님이 살고 계신 동네에 멧돼지가 내려와 나의 모교를 들렀다 가는 일이 생기게 된다. 한국은 국토의 70%가 산지인 나라이고, 멧돼지는 여러분의 생각보다 가까이 있습니다.

창작실에 돌아와 보니 싸구려 삼선 슬리퍼에 쓸린 발이 다 까져 있었다. 하지만 다시 방으로 돌아가기엔 막 떠오른 달이 너무 예뻤다. 늑대인간도 아닌데 복숭아밭에 떠오른 보름달을 하염없이 보고만 싶은 밤이었다. 왜 그랬을까. 돌이켜보면 이때라도 멈추었어야 했다. 하지만 어떤 일이 벌어질지 조금도 알지 못하던 우리는 굳이 차가 있는 다른 선생님께 부탁까지 해서 기어코 복숭아밭으로 가 달을 보고서야 돌아왔다. 바람에 밀린 구름이 커다란 보름달에 걸려 달이 UFO처럼 보이는, 아름다운 밤이었다.

"갔다 오길 정말 잘했죠!"

허생원도 아닌데 달밤의 정취 같은 것에 취해 모험담을 나누려던 우리의 눈에 침입자가 들어온 것은 방에 들어서자마자였다. 독서대에 펼쳐둔 책 위에 종이접기한 것마냥 고운 나방 한 마리, 이상하리

만치 고해상도로 보이는 여치 한 마리가 앉아 있었던 것이다. 이때 나방은 몰라도 여치가 인간이 곁에 왔는데도 아무런 움직임이 없는 것을 이상하게 여겼어야 했다.

아마 평소 같았다면 죽이지 않고 그냥 내보냈을 것이다. 그러나 하필이면 내게는 방금 물려받은 전기 모기채가 있었다. 방충망을 열면 모기나 그 외 벌레들이 빛을 따라 들어올 테니 그냥 처리하는 게 나을 것 같았다. 밤이면 고라니 울음소리가 바로 귀 옆에서 들릴 정도의 시골이었다. 고라니는 정말 외양과는 다른 울음소리를 가지고 있다. 고라니 울음은 아주 긴급한 상황에서 사람이 내지르는 소리와 매우 비슷하기 때문에, 그 소리가 고라니의 것인지 몰랐던 처음에는 어딘가로 신고를 해야 할 것 같다는 두려움에 휩싸이기도 했다. 그 정도의 시골이니까 방에 나방과 여치도 들어올 수 있는 것이겠지. 우리는 용기를 내기로 했다. 나방, 다음은 여치의 순서로 신속하고 정확하게.

하지만 여기서 또 하나의 오판이 있었으니, 그건 전기 모기채는 모기만을 위해 만들어진 물건이라는 사실이었다. 이름부터 모기채가 아닌가. 그래서 인지 짧고 간단하게 되지가 않았다. 나방의 날개가 전기가 통하는 선에 걸려 요란하게 타들어갔다. 괴로워하는 과정이 무척이나 생생해서 우리는 몸서리를 쳤다. 하지만 시작했으니 끝내야만 했다.

다음은 여치였다. 지직거리는 타는 소리와 함께 고소한 냄새가 났다. 그 냄새를 고소하다고 느낀다는 게 어쩐지 마음에 걸렸다. 지난달 포수 선생님이 새끼 멧돼지를 쏴 죽인 이후의 살생이라 양심에 더욱 찔리는 것이다. 한 번의 지짐으로 죽지 않고 다리를 움쩍이는 모습에 두 번째로 지지는데, 그 순간 여치 꼬리로 무언가 가늘고 까만 것이 나오기 시작했다. 너무 길고 존재감이 뚜렷했다. 옆에서 내가 전기모기채를 휘두르는 꼴을 지켜보고 있던 신해연 선생님에게 물었다.

"선생님, 저거 보여요? 뭐지? 여치 똥인가?"

그리고 꿈틀.

"아니야, 선생님! 움직이잖아!"

내 말에 조심스레 들여다본 선생님이 비명을 질렀다. 아니, 그럴 리가 없었다. 살아 있는 것이, 도대체 왜? 그런 부위에서? 아니야. 그럴 리가 없잖아. 움직이는 것처럼 보이는 건 착각일 거야. 그 순간 나를 조롱이라도 하듯 갓 여치에게서 빠져나온 족히 20cm는 되는 길고 가느다란 철사 같은 무엇이 내 책상 위에서 꿈틀대기 시작했다. 저게, 도대체, 뭐야?

나는 비명을 지르며 전기 모기채를 내 몸에서 가장 멀리 길게 뻗어 그 괴생명체 위에 다시 얹었다. 양 꼬다리가 타올랐다. 죽었을까? 모기채를 떼어내자, 미지의 생명체가 코브라처럼 몸을 세워 트위스트를 추기 시작했다. 도대체 왜 죽지 않아? 눈으로 보면서도 믿을 수가 없었다. 뭐지? 악령인가? 지금 우리가 보는 것은 퇴마의식 같은 건가? 내가 엑소시스트 역인가?

신해연 선생님은 그 두려운 형상에 무릎을 꿇고 얼굴을 가린 채 울면서 웃고 있었다. 그의 말에 의하면 나는… 어이가 없어서 입은 웃고 눈에는 눈물이 흐르는 채로 괴생물을 지지고 있었다고 했다. 용기 있고 기괴한 모습이었다고. (와중에도 용기는 있었다.) 결국 세 번째로 전기 모기채를 썼지만 여전히 꿈틀거리는 그것을 보고 겁에 질린 우리는, 건넛방의 소설가 선생님을 불러 모시고 여치의 사체와 그 몸에서 나온, 아직도 살아 있는 무언가를 치워달라고 부탁할 수밖에 없었다. 그렇게 사태는 일단락이 났다.

친구들에게 이 소식을 알리자 누가 바로 "연가시 아니야?" 하는 답장을 보냈다. '여치 연가시'를 검색한 뒤, 나는 몰랐어도 좋을 정보를 많이 알게 됐다. 예를 들어 강원도 횡성이 연가시의 주요 서식지라든가(원주는 횡성 바로 아래에 있다.) 연가시가 기생하는 메뚜기나 여치는 사실상 좀비로, 연가시의 조종을 받아 본체가 물가로 가면 그때 연가시가 몸을 가르고 나온다든가…. 정말이지, 모르고 살았다면 좋았을 이야기들이었다. 좀비 여치와 살았는지 죽었는지 모를 연가시가 방을 떠난 뒤에도 어쩐지 근질거리는 느낌에 나와 신해연 선생님은 잠들지 못했고, 잠들지 못한 덕에 많은 이야기를 했다.

우리가 가고 싶은 언어가 통하지 않는 아주 먼 도시들에 대해서. 연극과, 책과, 이야기와, 작가라는 이상한 직업과, 결국 혼자인 작가로 살며 사회와 사람과의 관계에서 길러야만 하는 감각에 대해서. 한

작품을 쓰고 우리가 영영 잃은 것들과, 그럼에도 얻은 것들에 대해서. 연가시의 여파라기보다는, 달빛에 더 가까운 이야기를.

　다음 날이 되자 세상은 거짓말처럼 아름다웠다. 물론 지난밤이 아름답지 않았던 것은 아니다. 그저 믿지 못할 일이 벌어졌을 뿐이었다.

　"선생님, 봉지라면은 있어요?"

　전기냄비를 애지중지 모셔두는 날 보며 생각났는지 떠날 준비를 하던 신해연 선생님이 물었다.

　"없는데? 나중에 달리기 하러 나갔다가 저 아래 슈퍼에서 사 와도 되죠, 뭐."

　"아, 그러면 되겠다!"

　우리는 "서울에서 만나요!"라는 새롭고 애틋한 인사를 나누고 헤어졌다. 비록 멧돼지도 나오고 연가시도 나오고 불편한 것도 많은 토지문화관이었지만 여러 선생님들을, 홀로 일하다 보니 만나기 어려운 동료들을 남겼다. 이제 정말 남아 있는 마감을 열심히 해야지. 다짐을 한 나는, 조금 멀리 시내에 있는 이마트까지 나가 장을 한번 보면 어떨까 하는 마음에 가까운 이마트를 검색했다. 그리고 그 과정에서 상상도 못했던 정보를 얻게 된다.

— 선생님, 혹시⋯ 여기 쓱배송 가능 지역인 거 알고 있었어요?

나는 서울로 향하고 있을 신해연 선생님에게 메시지를 보냈다. 우리끼리 소중하게 나눈 그 모든 생필품이며 식재료들을 무려 창작실 앞까지 배달을 해준다는데요. 나는 내가 써놓고도 대화창에 떠 있는 쓱배송이라는 단어를 보는 것만으로 터져나오는 웃음을 참을 수가 없었다. 지난 한 달 동안 대체 우리는 무엇을 했단 말인가. 배송 강국에는 허락되지 않는 불편한 시골의 낭만과 하지 않아도 됐을 나와 우리의 고생⋯.

얼마 지나지 않아 방충망이 여전히 뚫려 있는 창작실 내 방 문 앞으로 탄산수와 과자, 그리고 네 개들이 진라면 매운맛 번들이 도착했다. 이렇게까지나 문 앞이라는 것을 도무지 믿을 수 없었지만, 믿어야만 했다. 이렇든 저렇든 김치나 곁들일 다른 반찬이 없는 상황에서 진라면 매운맛은 최고의 선택이다. 바로 라면을 끓였다. 전기냄비라는 익숙하지 않은 도구로 오랜만에 라면을 끓였음에도 내 실력은 여전했다. 역시 폼은 일시적이지만 클래스는 영원한 법이다.

바람과 빛이 잘 드는 나의 한 달짜리 방에서 라면이 끓고 있다. 라면 냄새에 지나고 나면 일단은 추억인 지난밤의 기억이 스며든다. 어디서고 오랫동안 나눌 이야기, 이야기들이.

다섯째, 물의 양을 조절하는 법

라면과 물을 끓일 용기가 준비되었다면 이제 적당량의 물을 넣고 끓일 차례다. 그리고 대부분 여기서 실패한다. 도대체 적당량의 물이란 어느 정도를 의미하는가? 앞서 언급한 바와 같이 대부분의 라면이 봉지 뒤에 인쇄해둔 조리법에는 물 500~550ml를 넣으라고 되어 있다. 라면의 생산과정을 담은 한 기사에서 라면에 넣는 물의 양은 수많은 실험을 거쳐서 정해진다는 내용을 본 일이 있다.

　　하지만 우리 모두의 입맛은 다르고, 라면마다 정해준 양도 다르다. 이래서는 매번 나의 입맛에 맞는 라면을 끓이기 어렵다. 따라서 여기서부터 '나만의 조리법'으로 간다. 아 참, 라면을 끓일 때 불 세기는 처음부터 끝까지 센불이다. 이 점 또한 내가 라면을 좋아하는 이유이다.

　　완성된 라면을 라면기에 담았을 때 라면 봉지 겉면의 '조리예'처럼 보이려면, 물은 봉지 뒷면의 조리법보다 적게 넣어야 한다. 끓이다가 물이 부족하면 추가로 더 넣을 수 있지만, 처음부터 물을 많이 넣은 상태에서는 수습할 수 없다. 실패하지 않는 팁을 전수하자면 집에 있는 국그릇을 가득 채운 만큼의 물을 끓이라는 것이다. 일반적인 경우라면 450ml 전후이며 보통 이 정도의 양으로 충분하다.

하지만 요새 국그릇은 계속 용량이 작아지는 경향이 있으니, 불안하다면 주전자형 전기포트에 따로 약간의 물을 끓여두기를 권한다. 라면이 끓는 동안 물의 양을 보고 적다면 추가하기 위해서다. 끓인 물을 넣는 이유는 라면이 끓고 있는 냄비 속의 국물 온도가 갑자기 낮아져서 다시 끓기까지 시간이 걸리는 일을 방지하기 위한 것이다. 그사이에 면이 불어서는 안 되기 때문이다. 특히 2인분 이상을 끓일 때는 변수가 많기 때문에 물을 따로 끓여두는 것이 필수다.

이 방법을 선택하면 실패할 일은 거의 없다. 다시 정리해보자. 라면 조리에는 두 번의 실패 요인이 있는데 하나는 물 조절이고, 하나는 끓이는 시간이다. 물의 양을 맞추는 데 성공했다면 이미 첫 번째 산을 넘은 셈이다.

여섯째, 물이 끓는 사이에

물이 끓는 동안 할 수 있는 가장 효율적인 일은 각자의 방식으로 상을 차리는 것이다. 나는 보통 테이블 매트를 깔고 덜어 먹을 그릇과 수저를 세팅한 뒤에, 물 한 잔을 미리 따라둔다. 보통 이 단계에서 김치나 단무지같이 곁들일 반찬을 꺼낼 것이다. 하지만 나는 라면을 먹을 때 김치도 단무지도 먹지 않는 편이다. '진수성찬 산해진미 날 유혹해도 김치 없으면 왠지 허전'한 한국인으로서 정말 용기가 필요한 말이라는 것은 알지만, 그게 내가 라면을 먹는 방법이다.

내 인생의 마리아주

오늘도 엄마가 김치를 가져갈 것인지 물었다. 나는 고개를 저었다. 김치를 싸 들고 대중교통을 이용할 수는 없기 때문이다. 10년도 훨씬 전, 첫 독립을 했던 때에는 엄마가 음식을 싸주면 넙죽 받아 잘 들고 다녔다. 그중에서도 김치라면 더욱 절실했다. 식재료를 규모에 맞춰 구입해 잘 보관하고 제대로 요리하는 방법 같은 건 전혀 몰랐던 나에게 김치는 최고의 만능재료였다. 김치와 참치를 조합하면 찌개부터 볶음밥, 죽까지도 가능하고, 김치와 달걀이면 밥만 안쳐 한 끼 뚝딱이며, 부침가루만 있으면 김치전도 오케이다.

하지만 차를 운전하지 않는 내가 엄마 집에서부터 김치를 들고 대중교통을 이용하는 데는 생각보다 훨씬 큰 용기가 필요했다. 아무리 꽁꽁 감싼다고 해도 냄새는 틈새를 비집고 나오기 마련이라, 김치는 나와 함께 걸었고 내 곁에 머물렀다. 그렇게 내가 김치와 같은 체취를 갖게 되는 데는 1분도 걸리지 않는다. 버스를 약 40분, 지하철을 약 50분 타고 이동하는 동안, 함께 탄 이들에게 나는 그냥 걸어다니는 김치나 마찬가지인 것이다.

30대의 절반 이상을 김치를 보관할 내 소유의 냉장고가 없이 살았고, 내 냉장고가 생긴 뒤로는 냉장고에 김치를 보관하면 다른 식재료의 희생(치즈에서 김치 냄새가 나서 김치 냄새가 난다고 말했을 뿐인데….)이 뒤따르게 된다는 것을 알게 되었기 때문에 거의 김치를 먹지 않았다.

하지만 자식이 눈에 보이지 않는 곳에 있으면 언제나 끼니 걱정을 하는 전형적인 한국의 어머니인 나의 엄마는 아무래도 김치가 필요하지 않겠느냐며 다시 물었다.

"너 좋아하는 라면이랑 같이 먹어야 하잖아."

나는 엄마를 바라보며, 반문했다.

"라면 먹는데 김치가, 왜 필요해?"

여러 번 강조했듯 나는 라면과 김치를 같이 먹지 않는다. 물론 있다면 꺼내두고 몇 젓가락 집어 먹을 수는 있겠지만 필수는 아니다. 제대로 끓인 라면에 김치를 얹어 먹는 것은 한 끼의 식사에 지나친 나트륨을 더하는 것, 쉽게 말해 더 짜게 만드는 것 그 이상도 이하도 아니다. 라면 고유의 맛만 해칠 뿐이다. 라면을 먹는다고 할 때 모두가 건강 걱정을 하고 그런 이유로 라면 봉지에도 선명히 적혀 있는바, 나트륨 섭취에 대한 염려를 가중시키기만 하는 선택인 것이다.

그러나 인간의 생각이란 변하기 마련이다. 친구 홍진아(국내 N잡러 1호, 라면 문외한), 황효진과 함

께 오랜만에 빈대떡집에 갔을 때의 일이다. 이 빈대
떡집은 합정과 망원 사이에서 한강으로 넘어가는 길
목인 합정 나들목 입구 가까이에 있는 곳으로, 몇 년
전 황효진의 생일 파티를 그곳에서 했다. 그러니 파
티라기보다는 잔치였다. 그날 빈대떡집에 처음 가게
된 친구 이지혜(영화 저널리스트, 미식가)가 달걀물을
입힌 분홍 소시지를 판다는 정보를 블로그에서 미리
보고 너무 설렌 나머지 문을 여는 4시보다 일찍 가
서 줄을 섰던 기억이 난다.

　　우리는 무려 열 개의 메뉴를 시켰고 생일자를
위한 서비스로 감자전까지 나왔기 때문에 엄청나게
배가 부른 상태였는데도, 아무래도 라면 없이 자리
를 마무리할 수는 없어서 추가로 라면을 주문했다.
하지만 심사숙고 끝에 주문한 라면이 실망스러웠던
것이다. 나와 이지혜는 함께 라면의 문제점에 대해
서 토론했다.

　　"물을 많이 잡았어."

　　"거기다 너무 익혔어."

　　결론은 이 집의 라면은 맛이 없다는 것이었다.
우리는 앞으로 여기서는 빈대떡과 도토리묵과 달걀

물을 입힌 소시지만 먹기로 합의했다. 이미 그 정도로도 충분히 많다는 것을 생각하기엔 너무 취해 있었다.

그로부터 한참 후. 다시 찾아간 빈대떡집에서 황효진이 그날의 합의를 깨자고 한 게 문제였다. 막걸리와 빈대떡과 도토리묵과 달걀물을 입힌 분홍 소시지를 함께 해치운 뒤 역시 또 라면 없이는 끝낼 수 없다고 주장한 것이다.

"저번에 왔을 때 기억 안 나요? 맛이 없었잖아요."

나는 황효진에게 속삭였다. 하지만 황효진은 뜻을 굽히지 않았다. 아무래도 생일 잔치 때 먹은 라면 맛을 기억 못하는 것이 틀림없었다. 그래서 어쩔 수 없이 라면을 시켜야 했다. 라면은 생각보다 빨리 나왔다. 빨리 나온 것부터 왠지 의심스러웠다. 정성이 들어가지 않은 거 아니야? 나는 편견이 가득한 채로 라면을 살펴보았고, 나의 기억이 맞다는 것을 확인시켜주기 위해 기세등등한 말투로 말했다.

"거봐, 국물이 많잖아요."

황효진도 물이 많다는 점 때문에 약간 의기소침해진 듯했다. 나는 고개를 저으며 한 젓가락을 덜어 먹었다. 앞에 라면이 있는데 맛이 없어 보인다고 해서 안 먹을 수는 없는 일이니까. 하지만 오, 의외로 첫 맛이 괜찮았다. 물이 많기는 했지만 약간 퍼져 보이는 데 비해 면의 익은 정도가 정확했다. 면이 얇은 편이라 잘못하면 지나치게 익을 수 있었는데 아주 정확하게 불을 끄고, 손님의 식탁에 나오기까지의 시간을 계산한 것처럼 보였다.

노란 양은냄비를 사용한 건 단순하게 '라면은 양은냄비지.'*라는 인상을 주기 위한 게 아니라, 조리가 끝난 후 잔열로 더 익지 않게 하면서 굳이 용기를 바꾸는 시간을 들이지 않고 손님 앞에 바로 내놓기 위한 선택이 틀림없었다. 의외라는 생각을 하면

---

* 이 또한 내가 동의하지 않는 속설이다. 장인은 연장을 탓하지 않는다. 물론 이 말은 요새 장인은 애초에 좋은 연장을 가지고 있다는 말로 반박되고 있지만…. 라면은 어떤 냄비를 사용하든 물을 끓일 수 있고 조리하는 동안 그 온도를 유지할 수만 있다면 그다음부터는 똑같다. 그래서 뚝배기처럼 조리가 끝난 후에도 계속 온도를 유지해서 먹는 내내 끓게 하는 용기는 라면과 맞지 않는 것이다.

서 함께 나온 김치와 다시 맛보았다. 어? 풀려 있던 눈에 힘이 들어왔다. 이건, 너무 맛있잖아?

황효진도 놀란 것 같았다. 나는 이미 얼굴이 붉어져서 취한 사람처럼 보이는 줄도 모르고 친구들에게 말했다.

"와, 이건 너무 완벽하다. 완벽한 마리아주야."

마리아주란 무엇인가. 나는 와인에 관한 만화 『신의 물방울』로 마리아주를 배웠다. 나의 언어로 옮기자면 마리아주란, 프랑스어로 '결혼'이라는 뜻의 단어로 요식업계에서 사용할 때는 와인과 음식과의 조화, 배합을 의미한다. 여기서 음식은 단순히 안줏거리만이 아니라 제대로 된 식사로서의 요리일 수도 있다. 하지만 술과 먹으면 밥도 안주 아닌가 하는 아주 무식한 상식을 가진 나는 마리아주를 음료와 음식의 조화, 음식과 음식 사이의 조화에 대해 이야기할 때 대충 사용하고 있다.

바로 그런 내 멋대로 의미에서 이 라면과 김치는 정말 완벽한 마리아주였다. 조금만 생각해보면 당연한 일이다. 빈대떡을 파는 곳이니 당연히 김치전을 팔고 있고, 김치전의 맛은 김치가 좌우하므로 필시 김치가 맛있을 것이다. 한국의 식당에서 김치가 맛있다는 것은 무엇을 의미하는가? 식당의 어떤 음식을 먹어도 김치를 곁들이면 배로 맛있어지도록 세팅할 가능성이 높다는 것을 의미한다. 한국인에게 김치는 한낱 반찬이 아니기 때문이다. 어떤 의미에서 한국의 김치는 메인 메뉴보다 위상이 높다.

이 라면이 바로 그 한국인 입맛의 정석을 지키고 있었다. 김치와 어울리기 위해 선택된 라면이었다. 그렇다면 무슨 라면일까? 사실인지는 모르지만 분식집이나 식당에서는 선호도가 높아 실패할 확률이 적기 때문에 신라면을 택하는 경우가 많다는 이야기를 들은 적이 있다. 하지만 지금 이 라면은 매운맛이 강하지 않다. 나는 사나이 울리는 매운맛에 전혀 끌리지 않기 때문에 확신할 수 있었다. 신라면은 매운맛이 강해서 김치의 맛과 어울리기 쉽지 않을 것이다. 따라서 이 라면은, 신라면이 아니다. 그렇다면?

"이거 무슨 라면인지 알겠어요?"

황효진이 물었다. 나도 고민하던 중이기는 했으

나 순간 긴장했다. 원래도 뭐든 맞히고 싶어 하는 편이지만 이건 단순한 퀴즈가 아니었기 때문이다. 라면을 향한 내 진심에 대한 시험이었다. 황효진이 그 질문이 시험이라고 생각했든 안 했든, 나에게는 그랬다. 나는 치킨을 맛만 보고 브랜드와 메뉴 이름을 안다는 것이 치킨에 대한 진짜 사랑을 의미하는 것은 아니라고 생각하는 사람이다. 그러니 당연히 내가 사랑하는 라면에게도 같은 기준을 가지고 있다. 하지만 진짜 사랑의 기준이고 뭐고, 그 라면이 무엇인지 맞히고 싶었다. 그리고 나는 내가 맞힐 수 있다는 걸 알았다. 한 박자 쉬고, 대답했다.

"안성탕면."

된장 베이스의 맑은 국물, 얇은 면. 어디로 봐도 안성탕면이었다. 확신에 찬 말을 던진 뒤 주방 쪽을 보니, 과연 주황색의 익숙한 봉지가 보였다.

"역시!"

친구들이 박수를 쳐주었다. 나는 "너는 타고나길 잘난 척을 하는 편이니 될 수 있으면 모든 상황에서 겸손하려고 애쓸 필요가 있다."는 엄마의 조언을 생각하며, 붉어진 얼굴을 겸손하게 숙였다. 그날의 주인공은 내가 아닌 안성탕면이었고, 그 곁의 김치였다. 잘 끓인 안성탕면과 김치와의 만남, 그게 바로 한국인이 가장 빠르게 일상에서 만날 수 있는 완벽한 마리아주였던 것이다. 감동적일 지경이었다. 박수를 받아야 한다면 그건 이 라면이 안성탕면인 걸 맞힌 내가 아닌, 우리 식당은 김치가 맛있으니 안성탕면과 함께 내놓자는 결정을 한 빈대떡집의 사장님이 받아야 한다. 여러분, 우리 모두 인생의 마리아주를 즐깁시다.

그리하여 안성탕면을 맛있게 먹은 것밖에는 별다른 기억에 없는 이후의 시간은, 앞자리에서 웃느라 말도 제대로 하지 못하고 동영상만 찍은 친구 홍진아의 휴대폰 속에 고이 남았다. 그 덕분에, 안성탕면인 걸 맞히자마자 이때다 싶었는지 양은냄비를 가리키면서 안성탕면 할아버지에 대해서 열정적으로 설명하고 있는 나의 모습 또한 볼 수 있게 되었다. 이상하게도 나의 기억과는 달리 그리 겸손한 모습은 아니었고 그냥 취한 사람이었다.

하지만 적어도 나의 기억 속에서만큼은 한없이

겸손한 모습으로, 앞으로는 과거의 기억만으로 오늘을 평가하지 말고, 나만의 기준을 고집하느라 더 나을 수도 있고 달라질 수 있고 함께하면 더 좋아질 수 있는 선택지를 무시하지 말자고, 라면에서 교훈을 얻고 다짐 또 다짐을 하는 내가 있는 것이다.

일곱째, 비빔면과 기타 등등의 경우

비빔면은 면을 끓이기에 앞서 해야 할 일이 하나 있다. 봉지를 뜯자마자 액상소스를 꺼내 냉장고 안에 넣어두어야 한다. 소스를 보통 때처럼 대충 가스레인지 언저리에 던져두었다가는 열에 데워져 어중간하게 미지근한 비빔면을 먹게 된다. 맛이 없는 건 물론이다. 비빔면과 냉라면은 당연하게도 온도가 생명이기 때문에, 얼음이 준비되어 있는지도 미리 확인해두어야 한다. 그리고 면이 끓는 대로 찬물에 헹구고, 물기를 완전히 빼야 한다.

비빔면과 냉라면은 다양한 야채나 달걀과 같은 재료를 토핑으로 추가했을 때 맛이 더해지기 때문에 물이 끓는 동안 재료를 썰어두고 수란이나 달걀프라이를 만드는 등의 준비를 해두면 조리 시간이 단축될 수 있다는 것을 기억하자.

매콤달콤새콤한 나의 도시

시골로 이사 가면 어떨까? 살면서 처음으로 그런 생각이 들었다. 꼭 필요한 일이 아니라면 집 밖으로 나가지 않은 지 일주일 정도 됐을까? 아니 열흘, 혹은 그 이상이 되었을 수도 있다. 수도권에 코로나19 확진자가 폭증하면서 사회적 거리두기가 강화된 2020년 8월, 장마가 계속되고 있었다. 식재료는 주로 배달을 시켰고 운동은 가벼운 스트레칭 정도로 만족해야 했다.

지긋지긋한 비 사이로 해가 반짝 떠올랐던 어느 날에도, 불요불급한 외출을 자제해달라는 요청에 집에 머물렀다. 소파를 돌려 창을 바라보는 방향으로 두고 누우면 거실 창 너머로 한 뼘 정도의 파란 하늘을 볼 수 있는데, 그것이 집에서 허락된 바깥 세상 아름다움의 전부였다. 동네에 불어닥친 재건축 열풍에도 무슨 까닭인지 꿋꿋하게 옛 형태로 남아 있는 앞 건물이 내가 사는 빌라보다 낮은 덕분에 허락된 하늘이었다. 만약 앞집도 근처 건물들과 비슷한 높이였다면 내가 집에서 볼 수 있는 하늘은 기껏해야 손가락 두 마디 정도의 크기였을 것이다.

지금 내가 깔고 앉아 있는 전세금을 가지고 수도권 바깥 지역에서 집을 찾는다면, 적어도 이 집보다는 큰 집에 살면서 더 넓은 하늘을 볼 수 있지 않을까? 나는 서울이 비싸고 시끄럽지만 그럼에도 새로운 것들이 많다는 점에서 좋다. 하지만 친구들도 만나지 못하고 영화도 뮤지컬도 보지 못하며 하염없이 한강을 따라 걸을 수도 없는 요즈음의 서울이라는 도시는, 하늘 한 뼘보다도 매력적이지 않았다. 아마도 이런 날들은 앞으로 더욱 길어질 텐데, 나로서는 어마어마한 전세금을 대출받아 꼬박꼬박 이자를 내가면서도 바깥과 이어진 공간이 전혀 없을 뿐만 아니라 창밖에는 풍경이랄 것도 없는 분리형 원룸에서 꼬물꼬물 스트레칭만 하며 살아갈 수는 없다는 생각이 머릿속을 떠나지 않았다.

그래서 평소라면 보지 않을 시골살이 유튜브 콘텐츠까지 찾아보게 된 것이다. 30대 여성이 시골에 폐가를 구입해 직접 고쳐가는 과정을 담은 채널이었다. 나는 시골살이, 한 달 살이, 슬로라이프 같은 단어와 만나면 주저 없이 '뒤로 가기'를 누르는 유형의 사람이다. 솔직히 말하자면 친구가 화제가 되고 있는 채널인데 봤느냐며 링크를 보내줬을 때도 내 눈길을 끈 건 시골과 풍경, 느림에 관한 단어들이 아니라 '4,500만 원'이었다.

주인공의 앞뒤 사정은 하나도 모르는 채로 영상을 본 지 1분도 되지 않아서, 나는 30대 여성이라는 영상 속 인물에게 상당한 호감을 갖게 되었다. 어느 날 우연히 여행 중에 만난 폐가를 갑자기 구매하는 호기롭고 또 대범한 선택을 한 것은 정말 멋진 일이지만… 정확히 그것 때문은 아니고, 그분이 새참으로 칼빔면을 먹기 시작했기 때문이다. 앞마당에서 자라고 있는 유기농 깻잎과 고추를 따 와 송송 썬 뒤 비벼진 면 위에 올리는 장면이 브이로그 톤으로 곱게 지나갈 때, 면의 모양을 보고 단박에 칼빔면인 것을 알았다. 나만의 2020 비빔면 대전에서 무려 우승컵을 거머쥔, 농심의 야심작 아닌가.

　　굳이 비빔면 대전이라고 말하는 이유는, 실제로 경쟁이 전쟁처럼 치열하기 때문이다. 사계절 내내 판매량에 큰 변동이 없는 국물라면보다는 계절 음식으로 치고 빠져야 하는 여름 시장에 경쟁의 승부수를 띄우게 되는 것은 당연한 이치인지 모른다. 팔도 비빔면이라는 전통의 아성에 농심과 오뚜기, 삼양이 지속적으로 도전장을 내민다는 점에서도 흥미로운 전쟁의 구도가 보인다.

나는 경쟁심이 강하고 이기는 것에 집착하는 편이라서 오히려 되도록이면 전쟁, 논쟁에는 끼어들지 않으려고 한다. 하지만 비빔면 전쟁이라면 기꺼이 참전한다. 싸움은 비빔면끼리 하고, 나는 승자를 결정하는 입장에 있다는 것이 좋다.

보통 두 번은 먹어보고 맛을 평가한다. 처음에는 아무것도 더하지 않고 오직 봉지 안에 있는 면과 수프로만 만들어 먹는다. 그다음에는 야채라든가 달걀, 닭가슴살 같은 고명을 첨가해서 먹는다. 대부분 비빔장의 양은 비교적 넉넉한 편이기 때문에 약간의 고명을 첨가해도 싱거워지지 않아 맛있게 먹을 수 있다. 이렇게 두 번을 먹은 뒤 어떻게 다른지를 꼼꼼하게 비교한다.

무조건 아무것도 넣지 않은 순정의 상태를 선호하는 국물라면과 달리 비빔면에 유독 뭔가를 추가하는 이유는, 일단 비빔면 1인분은 늘 양이 부족하기 때문이다. 무언가를 더 넣지 않으면 한 끼가 되지 못하기 때문에 그냥 먹었다간 얼마 지나지 않아 간식을 찾아 나서게 되고 만다. 비빔면 한 봉지는 0.7인분 정도가 아닐까 싶다. 대부분의 소비자가 이에 공감해왔기 때문인지 팔도에서는 20% 정도 중량을 늘린 비빔면을 판매하기도 했다.

　시골의 폐가 텃밭에서 직접 기른 유기농 깻잎과 고추를 올해의 비빔면 칼빔면에 송송 썰어 넣어 비비는 장면을 보면서, 갑자기 엉뚱한 생각이 들었다. 어차피 저기서나 여기서나 칼빔면을 먹을 텐데, 그럼 당분간은 여기도 괜찮지 않을까? 비록 텃밭에서 딴 유기농 고추는 아니지만 편의점에서 산 샐러드 야채를 넣을 수 있다면, 나쁘지 않을 것 같은데. 근데, 그건 그렇고 지금 당장 칼빔면을 끓여야 할 것 같지 않아?

　나는 유튜브 화면은 그저 흘러가게 둔 채 벌떡 일어났다. 마침 냉장고에는 양배추가 조금 남아 있었고, 달걀도 있었다. 달걀은 삶으면 오래 걸리니까 수란으로 만들어 얹는 것이 좋겠다. 수란을 만드는 법은 간단하다. 머그컵에 절반 정도 물을 채우고, 달걀을 깨뜨려 조심스럽게 빠뜨린다. 전자레인지에 1분 30초 전후로 돌린다. 수란이 만들어지는 동안 양배추를 썰기로 한다. 새로 산 채칼로 얇게 썰어 넣는다면 아삭한 식감이 살아나겠지. 칼빔면을 만들면서, 나는 다시 처음의 생각으로 돌아갔다.

시골에 가서 살면 어떨까? 나 자신에게 수차례 묻고, 친구들의 의견을 들어보면서도 사실 스스로 답을 알고 있었다. 나는 어쩔 수 없는 도시 사람이다. 쉽게 지루함을 느끼고 툭하면 질리는 나에게는 시시각각 변하고 원한다면 매일 다른 경험을 할 수 있는 도시가 딱 맞는다.

나이가 조금씩 들어가면서 언제나 한결같은 자연의 아름다움에 감탄하는 순간들이 늘어나고 있고, 깊게 오래 바라보고 적응해간다면 시골살이나 바다에 가까운 삶도 꿈만은 아닐 테지만, 아직은 이 복잡하고 정신없으며 수많은 사건 사고가 있는 도시가 좋다. 세계인이 함께 통과하고 있는 이 예상치 못한 팬데믹의 시간도 언젠가는 끝날 것이기에, 그때까지는 서울에 머물러 있고 싶다. 아주 오래된 것과 오늘 새롭게 생겨난 것이 뒤섞인 서울이 나는 여전히 재미있다. 싫은 것도 많지만 좋은 것도 가득한, 매콤달콤새콤한 나의 도시. 어쩔 수 없는 나의 베이스캠프.

대신 다음에는 식물이 잘 자라고 볕 아래 앉아 있을 수 있는 집에 살 수 있다면 좋겠다. 하늘이 한 뼘보다 더 보이고, 해가 뜨고 지는 순간을 바라볼 수 있다면 더 좋겠지. 깻잎이라든가 상추라든가 허브 같은 것도 베란다가 있는 집이라면 손수 길러볼 수 있지 않을까. 많은 사람들이 숫자로 집을 말하고 있는 지금도 빛이라든가 바람이라든가 풍경을 말하고 있자니 "제라늄 꽃이 있는 벽돌집을 갖고 싶어요."라고 말하는 『어린왕자』 속 아이가 된 것 같은 착각도 들지만, 실은 빛과 바람과 풍경이 곧 숫자가 된다는 것을 알 만큼 어른이기도 하니까, 당분간은 여기서 더 열심히 일해야 한다는 걸 안다. 창밖의 풍경을 갖기 전에는 창 안에라도 풍경을 만들 수 있도록.

　　그래도 집이 아닌 곳에서 쉴 수 있을 만큼의 시간이 난다면 좋겠고, 아무리 서울이 좋아도 휴가는 어디론가 멀리 별이 많이 보이는 그런 곳으로 갔으면 좋겠다는 생각을 하면서, 일단은 건강을 챙기는 시늉은 해야 하니까 잘 비빈 칼빔면 위에 양배추와 수란을 얹어보는 것이다.

냉라면과 1인분의 살림

엄마는 라면을 잘 못 끓인다. 이는 비단 경기도 하남시에 거주 중인 우리 엄마에게만 해당되는 말은 아니다. 조금 풀어 설명하자면 자식에게 좋은 것을 먹이고 싶고, 이왕이면 건강한 먹거리를 주고 싶은 엄마의 마음이 라면을 끓이는 데 하나도 도움이 되지 않는다는 이야기다. 건강도 챙기고 싶지만 라면도 먹고 싶다? 그건 너무 큰 욕심이며, 욕심은 일을 그르치게 마련이다. 이 경우에는 맛을 그르친다.

미안하지만 애초에 '엄마의 마음'이라는 것부터가 문제다. 면식이 밥에 버금가는 주식이었던 우리 집과는 달리 라면을 먹는 걸 금기시하고 먹게 되는 순간을 가능한 한 늦추는 집들을 나는 자주 보아왔다. 어떻게 봐도 건강식으로 보기 어려운 음식이니 이런 엄마들의 마음이야 십분 이해한다.

하지만 바로 이 마음 때문에 라면을 잘 끓이기 어렵게 되는 것이다. 엄마들은 라면을 끓이면서 이왕이면 단백질도 섭취했으면 하는 마음에 달걀도 깨서 넣고, 파나 양파를 무작정 큼지막하게 썰어 넣고,

냉장고도 비울 겸 냉동만두 같은 것까지 넣어버린다. 이런 상황에서 나트륨 과다 섭취를 걱정하면서 수프는 반만 넣는다. 이런 라면은 맛이 있을 가능성도 없지만 엄밀한 의미에서 라면도 아니다. 라면 수프의 맛을 국물 베이스로 쓰고 면을 탄수화물 추가 용도로만 사용하는 정체불명의 요리일 뿐이다.

물론 그렇다고 해서 내가 새로운 라면 조리 방법이나 변형된 레시피를 절대로 시도하지 않는 건 아니다. 인터넷에 떠돌아다니는 냉라면 레시피를 처음 봤을 때는 의구심이 먼저 들었다. 도대체 라면을 왜 차갑게 먹어야 한단 말인가? 우선 차갑게 먹을 수 있는 인스턴트 면류로는 앞서 언급한 비빔면이 있다. 무엇보다 애초에 이름부터가 '냉면'인, 겨울에도 차가운 면요리를 먹고자 하는 사람을 위해 존재하는 대표 메뉴가 있지 않은가? 이런 상황에서 굳이 뜨끈한 국물이 핵심인 라면까지 차갑게 먹을 필요가 있을까? 하지만 의구심은 의구심이고, 새로운 시도는 새로운 시도다. 의구심을 어느 쪽으로든 해소하기 위해서는 시도해야 한다.

나는 그런 마음으로 냉라면 레시피를 찬찬히 살펴보았다. 그리고 중차대한 문제점을 하나 발견했다. 바로 너무 많은 추가 양념이 필요하다는 것. 서른이 넘은 이후로는 임시 거처에 길지 않게 머무는 방식으로 살아왔기 때문에 나는 나만의 주방을 가진 적이 거의 없었다. 냉장고 한 칸을 겨우 할당받는 형편에 조리도구나 요리에 필요한 양념을 모조리 갖추며 살아가기는 쉽지 않다. 다정한 하우스메이트들은 각종 조리도구를 함께 쓰자고 하지만, 어쩐지 최소한의 빈도로 사용하게 되고 만다.

간장이나 참기름, 식초, 설탕과 소금, 후추 같은 양념도 마찬가지였다. 오이와 토마토 정도의 토핑이야 사 와서 썰어 넣으면 된다 쳐도 간장, 식초, 설탕, 참기름까지 필요한 레시피는 아무래도 시도할 엄두가 나지 않았다. 그렇게 냉라면 레시피는 시도조차 하지 못한 채로 잊히게 됐다.

그러다 나는 혼자 사는 집으로 이사를 했고, 처음으로 나만의 주방이 생겼다. 주방이라고 하기에는 너무 작긴 하지만 혼자 쓰는 싱크대와 찬장, 가스레인지, 그리고 냉장고가 있었다. 제일 먼저 산 건 그

라인더가 달린 소금과 후추 세트였다. 통후추를 그라인더로 갈아 넣을 때, 아무것도 안 했지만 훌륭한 마무리가 되는 것 같은 느낌을 좋아하기 때문이다. 그다음부터는 먹고 싶은 요리를 생각하며 장을 볼 때마다 필요한 양념을 샀다. 야채를 볶기 위해 굴소스를 샀고 순두붓국을 끓여보겠다며 새우젓과 고춧가루를 장바구니에 넣었다. 들기름와 통참깨, 참기름과 설탕 그리고 요리에센스 연두도 조금씩 시차를 두고 찬장에 자리를 잡았다.

여기에 친구가 선물해준 꿀과 피시소스가 추가되었다. 냉장고에는 케첩과 마요네즈, 머스터드 소스와 샐러드용 오리엔탈 소스, 그리고 된장과 쌈장의 자리가 생겼다.

이전의 나는 양념과 소스를 유통기한이 지나기 전에 다 먹을 수는 있을지 하는 걱정에 미리 압도되어 다양한 양념이 필요한 요리는 시도조차 하지 않는 사람이었다. 하지만 이제 나를 먹여 살리기 위해서 이 정도 살림은 기본 중에 기본인 걸 안다. 아무리 라면을 좋아한다 해도 라면이나 인스턴트 음식, 배달 음식과 외식만으로 모든 끼니를 챙길 수 없고,

대충 때우는 것은 식사를 챙기는 게 아니라는 것 역시 안다.

그러니까 1인분의 살림이라는 것을 꾸려보기 전에는 냉라면을 끓일 수 없었다는 걸 길게도 설명한 셈이다. 나의 참기름, 간장, 설탕, 식초가 있기 전에는 만들기 불가능한 레시피였던 것이다.

냉라면용으로는 면이 가는 제품을 택하는 것이 좋다. 간혹 너구리 같은 굵은 면을 택하는 경우도 있는데, 이런 경우라면 푹 익혀야 한다. 찬물에서는 어쩐지 두 배로 매워지기 때문에, 매운맛보다는 순한 맛 라면을 추천한다.

재료만 있다면 만드는 법은 간단하다. 면을 먼저 삶는 동안 소스를 만든다. 작은 그릇에 수프를 넣고 뜨거운 물을 조금씩 부어가면서 녹인다. 물의 양은 분말을 녹이기만 할 정도면 충분하다. 거기에 양념을 더하는데, 다양한 레시피를 참고해서 내가 찾아낸 최적의 비율은 밥숟가락을 기준으로 간장 0.5, 식초 1.5, 설탕 1, 참기름 1이다. 라면이 충분히 짜다고 느낀다면 간장은 생략하거나 연두 같은 요리에센스로 대체해도 된다. 신맛이 당기는 한여름이라면

식초를 2로 늘려도 좋다.

　　소스를 다 만들고도 시간이 남았다면 방울토마토와 오이 등을 썬다. 면은 어차피 찬물에 헹굴 때 다시 탄력이 생기기 때문에 충분히 익히는 게 좋다. 찬물에 헹군 뒤 물기를 뺀 면을 라면기나 샐러드 그릇에 담고, 소스를 면 위에 빙 둘러 붓는다. 생수를 면이 적당히 보일 만큼 자작하게 넣고 젓가락으로 잘 섞어준 다음, 얼음 서너 개를 띄운다. 준비해둔 오이나 방울토마토 등의 토핑을 얹으면 완성.

　　이사한 집에서 더워도 너무 덥던 어느 날, 나는 문득 찬장에 냉라면을 위한 모든 양념이 있다는 걸 깨달았다. 그래서 처음으로 제대로 된 냉라면을 만들어 먹을 수 있었다. 짜고, 맵고, 시고, 달고, 고소했다. 무엇보다 시원했으며, 야채를 함께 먹고 있다는 점이 매우 뿌듯했다. 그래서 아예 양파, 방울토마토, 오이, 병아리콩을 소분해둔 다음 찾아온 여름 내내 샐러드로도 먹고 냉라면 토핑으로도 야금야금 얹어 먹었다.

　　물론 건강한 음식이라고 말하기는 어렵지만, 기

분은 그럴듯했다. 이제 찬장에는 내 몫의 양념이 있고, 나만의 냉라면 레시피도 있다. 조금쯤 건강해진, 적어도 건강해지려고 하는 시도와 라면을 만나게 하는 것도 나쁘지 않았다. 그제야 엄마의 잡탕라면을 조금쯤 이해할 수도 있을 것 같았다. 여전히 두 팔 벌려 찬성할 수는 없지만 말이다.

여덟째, 면이 먼저냐 수프가 먼저냐

물이 끓는다. 드디어 면과 수프를 넣을 시간이다. 면이 먼저인가 수프가 먼저인가는 닭이 먼저인가 달걀이 먼저인가에 맞먹는 난제이다. 현재 집에 있는 라면으로 분석해본 결과 농심사 라면의 조리법에는 물이 끓으면 '면과 분말수프와 건더기수프를 함께' 넣으라고 되어 있고, 오뚜기사 라면의 조리법에는 물에 건더기수프를 넣어 같이 끓인 뒤 '분말수프를 넣고 그리고 면을 넣은 후'라고 되어 있다. 면과 수프 넣는 순서를 다르게 할 만큼 두 회사의 라면에 뚜렷한 차이점이 있어 보이지는 않기에, 결국 취향의 문제가 아닌가 싶다.

기업인이자 요리연구가인 백종원 씨 말고는 라면에 관심이 있는 권위자가 없는 듯하여 그의 레시피를 찾아 참고해본 결과, 무, 파, 달걀, 참기름 등 다양한 재료와 어우러진 레시피의 대부분에서 수프를 먼저 넣는 듯하다. 수프를 먼저 넣으면 끓는점이 올라가고, 따라서 면이 빨리 익을 수 있다는 원리다. 수프를 먼저 넣은 라면이 탄력성이 높다는 것이다.

전문가가 아니기 때문에 아무도 묻지 않는 나의 의견은, 라면의 맛을 결정하는 것은 물의 양과 끓이는 시간이기 때문에 면과 수프를 넣는 순서라든가 끓는 중에 면을 들어올렸다 담갔다를 반복하는 기술 같은 건 거의 영향을 미치지 않는다는 생각이다. 오직 중요한 건 내가 원하는 정도로 익었을 때를 정확하게 캐치해 불을 끄는 기술이다.

그리고 또 하나. 거의 모든 라면 봉지 뒷면의 조리법에는 '나트륨(식염) 섭취를 조절하기 위해서 분말수프는 식성에 따라 적당량 첨가'하라는 주의가 따라온다. 이 부분에 대해서는, 수프를 덜 넣는 만큼 맛도 덜어진다는 것이 나의 단호한 입장이다. 나트륨은 다른 끼니에서 조절하면 된다. 수프의 양을 조절할 필요가 있는 라면 요리는, 내 기준에서 보건대 오직 라면땅 정도다.

라면땅, 완벽 혹은 후회의 다른 이름

새벽 1시 반, 갑자기 삶을 정성스럽게 살고 싶다는 생각이 들었다. 이 야심한 시각에 이런 생각이 드는 것은 생전 처음 있는 일이라 이상한 기분이었다.

지금까지는 삶에 정성을 들이지 않았다는 걸까? 보통 사람들이 퇴근할 때쯤 일을 시작하는 나에게 새벽 1시에서 2시 사이라면, 보통 일하는 사람들의 오후 3시경이라고 할 수 있겠다. 그렇다. 일을 하는 이유가 뭔지 갑자기 밑도 끝도 없이 궁금해지거나, 퇴근까지 남은 세 시간 정도가 영원처럼 느껴지거나, 아니라면 그냥 배가 고픈 시간이다. 하루 두 끼를 먹는 나에게는 새벽 1시에서 2시 사이 마지막 끼니의 신호가 정확히 도착한다. 뭔가를 챙겨 먹지 않으면 도저히 남은 마감을 끝낼 수 없을 것 같은 기분에 사로잡히고 마는 것이다.

이 순간을 잘 넘기는 게 중요하다. 물론 이론적으로 그렇다는 말이다. 나의 이성은 이 순간을 잘 넘겨야만 소화가 덜 된 채로 잠자리에 드는 일을 막을 수 있고, 마감이 잦은 야행성 작가로 살아온 지 10년 차가 넘어가면서 고질병이 되어버린 역류성 식도염과 후두염, 그리고 위염의 재발을 방지할 수 있으며, 다음 날 아침 침대에서 허우적대지 않고 그래도 사람 꼴로 눈을 뜰 수 있으리라는 것을 알고 있다. 하지만 알고 있다는 것으로는 언제나 부족하다. 몸이 원하는 것은 머리가 아는 것과 전혀 다를 수 있음을 매일 이 시간이면 언제나 몸으로 깨닫는다.

삶에 정성을 들이고 싶다는 생각이 떠오른 이상한 새벽, 나는 생각에 빠져들어 해야 할 일을 놓치는 우를 범하지 않기 위해서 머리가 원하는 것 말고 몸이 원하는 일에 정성을 들이기로 했다. 원하는 것을 몸에게 주자. 자고 일어난 이후가 내일이라면, 내일 일은 내일 생각하자. 그렇다면 원하는 것은 무엇인가? 당연하고도 어김없이 라면이다. 하지만 이 새벽에 끓인 라면을 먹는 것은 아무리 나라도 무리다. 그럴 때면 에어프라이어를 바라보며, 잠시 고민에 빠진다. 에어프라이어만이 할 수 있는 일에 대해 생각하면서.

에어프라이어는 신묘한 기계다. 내가 처음 에어프라이어와 만난 것은 이 신문명의 산물로 무엇이든 할 수 있다는 소식이 인터넷 세계로 퍼져나가던 무렵이었다. 나의 친구들 중 가장 큰 주방과 가장 많은 주방용품을 가진 이지혜는 일찌감치 에어프라이어를 사서 쓰던 중 냉동식품을 지나치게 많이 먹게 된다는 이유로 처분하려다, 집에서 군고구마를 만들고 싶어 하는 내게 넘기기로 했다. 친구는 커다란 쇼핑백에 작은 장독 크기의 썩 아름답지 않은 기계를 담아 들고 나왔다. 저녁을 먹고 와인을 마시고는 약한 술기운으로 장독보다는 가볍다며 에어프라이어를 품에 안고 집으로 돌아온 밤까지만 해도, 나는 이 기계가 내 삶에 어떤 영향을 미치게 될지 전혀 알지 못했다.

에어프라이어는 만능이다. 거의 모든 것을 할 수 있기 때문에 할 수 없는 것을 찾는 쪽이 빠를 정도다. 모든 냉동식품을 완벽한 음식으로 재탄생시켜주는 본연의 기능이야 말할 것도 없고, 채소와 치즈와 고기를 구워주고, 식은 치킨과 전을 바삭하게 데워주며, 고구마나 감자 같은 탄수화물 덩어리의 매력을 극상으로 끌어올려주고, 온갖 먹다 남은 과자를 공장에서 나오던 그때의 상태로 리셋시켜주는 기능까지 있다.

도대체 이 기계에게 약점이 있긴 하단 말인가? 나는 냉장고 안에 있는 거의 모든 식재료를 구울 기세로 에어프라이어를 사용해댔다. 결론적으로 에어프라이어는 나의 식습관을 바꿨다. 나는 음식을 볼때 구울 수 있는지부터 확인하기 시작했다. 인터넷에 떠돌아다니는 여러 레시피를 참고해서 다양한 과자를 굽고, 식었다고 느껴지는 모든 음식을 기계 속으로 넣으며 부활을 꿈꾸곤 했다. 그리고 놀랍게도 대부분의 음식이 20분 이내에 살아났다. 어쩜, 구세주 같기도 하지. 하지만 그런 에어프라이어가 해내지 못하는 단 하나가 있었으니, 그것은 라면을 끓이는 일이었다.

거의 모든 것을 할 수 있는 이 기계가 나의 사랑하는 라면과 궁합이 맞지 않는다는 것을 인정하는건 너무나 어려운 일이었다. 하지만 생라면이라면어떨까? 그건 이야기가 다르다. 나는 에어프라이어를 만나기 이전에도 생라면이 먹고 싶을 때는 전자레인지에 1분에서 2분 사이를 돌려 먹던 사람. 그러면 라면이 과자처럼 바삭해지기 때문이다.

문제는 그 사이 어딘가에서 면의 일부가 타버리는 현상이다. 전자레인지로는 면 속의 기름을 고르게 가열하는 것이 불가능해 보인다. 지금까지 최소네 개의 전자레인지에서 직접 실험을 통해 확인한

결과이므로 믿어도 좋다. 하지만 에어프라이어라면 어떨까? 에어프라이어는 특히나 기름을 품고 있는 음식을 되살리는 데 특별한 능력을 지닌 기계이고, 전자레인지처럼 급속 가열이 아닌 데다가, 전체적으로 굽기에 좋으니까, 라면땅을 만드는 데 활용한다면 완벽할 것 같았다.

온갖 굽기에 관한 최적의 레시피에 골몰하던 어느 겨울, 나는 궁극의 라면땅 레시피를 찾아보기로 했다. 온도가 너무 높았는지 진라면 순한맛을 한번 태워먹은 뒤에야 찾아낸 최적의 온도는 160도, 시간은 10분에서 12분 사이였다. 그다음의 문제는 에어프라이어 바깥에 있다. 수프를 얼마나 넣을 것인가? 라면을 끓일 때야 나트륨 섭취량을 따지며 수프 전부를 넣지 않는 태도를 참지 못하는 나지만, 라면땅에 대해서만큼은 정도를 조절해야 한다. 아무 생각 없이 수프를 다 털어 넣었다가는 라면땅이 아니라 라면 수프 덩어리를 먹는 일이 발생하기 때문이다.

여러 차례 실패를 거듭한 결과, 너무 짜지도 싱겁지도 않은 분량은 수프의 3분의 1 정도다. 귀찮더라도 대충 뿌리지 말고 용기에 면과 수프를 같이 넣고 흔들어서 전체적으로 묻히는 게 좋다. 이 정도의 수프 양이면 그릇에 라면땅을 넣었을 때 수프가 남지 않고 면에 전부 코팅된다. 단짠의 미학을 느끼고 싶다면 설탕을 조금 같이 넣는 것도 방법이지만, 나는 언제나 그렇듯이 라면 봉지 안에 있는 재료로 끝내는 걸 선호하므로 넣지 않는다.

에어프라이어를 안고 집으로 돌아왔던 어느 날, 나는 정말 아무것도 몰랐다. 대부분은 성인의 이성으로 라면땅을 향한 욕망을 잠재우는 데 성공하지만, 가끔, 아주 가끔은 실패하게 될 거라는 것 역시도 알지 못했다. 예를 들어 도무지 마감의 끝이 보이지 않는 글을 쓰면서 동시에 또 다른 일들을 해나가다가, 일들을 공처럼 뭉쳐 열심히 저글링을 하는 데 정신이 팔려 단 하루도 제대로 쉬지 못했음을 깨달은 그런 날…. 삶에 정성을 들인다는 것은, 좋아하는 사람들과 되도록이면 많은 시간을 보내고 날씨와 계절의 변화를 오감으로 느끼는 것임을 잘 알면서도 여전히 이리저리 뛰어다닌 게 괜히 억울한 날…. 그런 날이면 어김없이 나에게 정말 완벽한 라면땅 같은 걸 먹게 해주고 싶고, 자발적으로 후회를 택하게 된다는 것을. 나에게는 그럴 자격이 충분히 있기 때문에.

새벽 1시가 한참 전에 지나갔지만 모른 척하고 '160도 10분'을 주문처럼 외면서 라면을 부수는 날이 생각보다 자주 오리라는 건, 정말 몰랐다. 충분히 잤는데도 다음 날 눈이 잘 떠지지 않는다면 그때 그냥 후회하기로 하면서, 나는 오늘도 에어프라이어를 돌린다.

아홉째, 시간과의 싸움

라면이 끓고 있다. 맛있는 라면을 완성하기 위한 두 번째 산을 넘을 때다. 라면이 끓는 시간을 재는 것이다. 나는 애플워치의 3년 차 유저로, 애플워치를 착용하고 있을 때는 이것을 사용해 시간을 재곤 한다. 애플은 라면을 끓이는 게 주 기능이 되리라고는 상상도 못했겠지만 나는 그렇게 사용한다. 미리 워치의 타이머를 열어두고, 면과 수프를 넣자마자 3분이다. 3분이 되었다는 신호가 오면 딱 불을 꺼버리는 것이 아니고 우선 면의 상태를 본다. 한 가닥 정도 먹어본다. 약간 덜 익었어야 정상이다. 마지막으로 익어가는 모습을 몇 초간 바라보다가, 불을 끄면 완벽하다.

마음의 여유가 좀 있을 때 라면을 끓이는 시간을 재는 또 하나의 방법은 3분에서 3분 30초 사이의 노래를 한 곡 듣는 것이다. 친구들에게 '멜론 TOP 100 귀'라고 놀림받는 나의 현재 플레이리스트를 보면, 마룬파이브의 〈메모리스〉가 3분 10초로 딱 적절하다. 주의할 점은 노래 한 곡을 반복 재생 설정해두거나 다음 곡을 선정해두면 안 된다는 것이다. 노래가 확실히 끝난다는 것을 인식할 수 있어야 때맞춰 정확하게 불을 끌 수 있다.

예외가 있다면 그건 달걀을 넣는 경우다. 나는 단백질 섭취가 부족하다고 느끼는 때가 아니라면 달걀을 넣는 걸 선호하지는 않는다. 국물의 맛이 변하기 때문이다. 하지만 살다 보면 달걀을 넣은 라면이 필요한 순간도 있는 법. 그럴 때는 1분 30초를 남겨두고, 달걀을 깨서 흘리듯이 넣는다. 그다음부터는 절대 섞지 않고 기다린다. 이 1분 30초라는 시간은 한강 편의점에 있는 라면조리기가 알려준 것이다. 이걸 알기 전까지는 느낌으로 넣었다. 그래도 너무 늦게 넣지만 않는다면 큰 차이는 없다. 면의 익은 정도가 훨씬 중요하다. 달걀은 거들 뿐이다.

달걀은 잠영처럼

'여름이었다.'라는 문장을 붙이면 어떤 이야기도 청춘의 한 페이지가 되어버린다는 것은 언제나 신기한 일이다. '그해 여름'이라는 단어를 들으면 지브리 애니메이션이라든가 1990년대 캘리포니아 배경의 미국 독립영화 같은 이국의 풍경, 한국이라면 듀스의 〈여름 안에서〉 뮤직비디오처럼 허옇고 푸른 빛과 색으로 왜곡된 가상의 여름 풍경이 자연스럽게 떠오른다. 그 상상 속 여름은 어쩜 그리도 초록이고 파랑인지. 밤이면 모기를 쫓는 풀을 태우는 냄새가 매캐하게 풍겨오는 가운데 옥수수나 수박을 먹다가 살랑이는 여름 밤바람을 맞으며 스르르 잠이 들 것만 같다.

하지만 현실의 나는 전자 모기향을 콘센트에 꽂아두는 걸 깜빡하는 바람에 모기와의 싸움에서 철저하게 패배한 뒤 잠을 잃고 가려움을 얻은 도시의 가여운 무주택자로, 타인 소유의 천장 아래에서 돌아가는 에어컨의 적정 온도를 맞추지 못해 쩔쩔매고 있다. 그해 여름이든 올해 여름이든 한국의 여름이란, 한 달이 넘도록 거의 매일 불쾌지수 90 이상으로 환산되는 높은 습도를 기록하거나 그게 아니라면 20년째 흘러나오는 '하늘은 우릴 향해 열려 있어.'라는 노래 가사대로 정말 하늘이 열린 채로 비를 쏟아내는 계절인 것이다.

2017년이라고 다를 건 없었다. 그해 여름 역시 어김없이 더웠고, 끈적였고, 샤워기가 쏟아내는 물줄기조차 미지근한 날들이 흘러갔다. 내가 작업한 첫 드라마가 공개되는 계절이었는데도 나는 도리어 직업에 대해서 근본적인 회의를 느끼고 있었다.

"작가가 직업이기는 해?"

이렇게 질문할 때 작가를 정의하기란 여간 까다로운 것이 아니다. 당연히 작가는 세금을 내기 위해 부여되는 직종번호를 가진 명백한 직업이다. 하지만 청탁이 들어오지 않거나, 그래서 벌인 일이 생각보다 더 안 되거나, 새로운 분야의 글을 썼지만 반응이 없거나 진전이 없거나, 그래서 이런 방식으로 성실하기만 해서는 굶어 죽기 십상이겠다는 생각이 들 때면, 이런 말을 불퉁하게 내뱉게 되고 만다.

"도대체 글을 써서 원고료로 먹고사는 것이 가능하기는 해?"

그해 여름에, 나는 이 말을 달고 살았다.

그런 날들이었다. 거실이 추울 정도로 에어컨을 틀어도 찬바람이 당최 들어오지 않는 작은 방에서 이제 정말 커리어 전환을 해야 하는 때가 아닌가를 생각하며 더위에 늘어져가고 있었다. 몸과 마음을 시들게 하는 삶의 크고 작은 사건들이 있었지만 대충 날씨 탓인 척하면 그럭저럭 넘겨질 법한 더위였다. 한 통의 전화라든가 한 통의 메시지에도 툭하면 발밑이 흔들리곤 했다. 어차피 흔들릴 거라면 차라리 달리는 것으로 내 박자의 진동을 찾는 일을 택할 만큼 위태로운 채로 살았다. 그 여름은 그랬다.

수영이나 하러 가자는 말을 내가 먼저 했는지 황효진이 먼저 했는지는 기억나지 않는다. 당시 우리 둘의 집은 걸어서 10분 정도 거리만큼 떨어져 있었고, 한강과 더 가까운 황효진의 집부터 망원 한강 공원 수영장까지는 또 걸어서 10분을 더 가야 했다. 뙤약볕 아래를 20분 동안 걸어 수영장에 가는 일을 머릿속에서 시뮬레이션하는 것만으로 이미 피곤해지는 느낌이었지만, 그래도 가보기로 했다. 할 일이 없는 것도 아니었는데 이상할 정도로 시간이 많았다. 그렇다면 놀며 낭비하는 게 오늘을 사는 최고의 방법이라는 데 동의하는 친구와 가까이에 산다는 건 행운이었다.

하지만 수영장에 가기로 약속한 날 아침이 되자 알람이 울리는데도 좀처럼 눈이 떠지지가 않았다. 침대에 파묻힌 채로 평소보다 세 배쯤 되는 중력을 느끼면서 내가 문제가 아니라면 날씨가 문제인 게 틀림없다는 확신을 가지고 억지로 눈을 떴다. 역시 몸의 신호는 정확했고, 비가 내리고 있었다.

여기서부터는 눈치 싸움이다. 왜 그런 날이 있지 않은가. 약속을 정해두었는데 날씨가 궂다거나 하는 이유로 집 밖을 나서기가 아무래도 싫은 날. 이게 나와의 약속이었다면 그 누구보다 빠르고 산뜻하게 나 자신을 배신해버리련만, 상대가 있으니 상황은 복잡해진다. 일 관계의 미팅이라면 울며 겨자 먹기로 나간다. 울며 겨자를 먹다니, 이런 생각은 대체 누가 한 건지. 속담이란 때로 놀랄 만큼 완벽한 비유이고 그 점이 언제나 웃기고 이상하다고 생각하면서 약속 장소로 향해 가다 보면 어떻게든 도착하게 된다. 하지만 친구들과의 약속이라면 일말의 여지가 생긴다. 비 내리는 날 외출하는 것을 도대체 누가 좋아하겠는가? 약속을 취소한다면 거추장스러운 우산을 쓰고 발이 젖을 위험을 감수하면서 세상 밖으로 나서지 않아도 된다. 아마 상대도 비슷한 생각을 하고 있을 것이다.

여기서 상대방에 대한 생각이 가정법인 것이 문제다. 그래서 눈치 싸움이 되는 것이다. 과연 상대도 나만큼 귀찮을 것인가? 나만큼 비 오는 날의 외출이 싫을 것인가? 누구든 용기를 내서 그래도 만나자거나, 그러니까 만나지 말자고 말해야만 한다. 하지만 나는 늦어버리고 말았다. 그때는 잘 몰랐지만 수영을 향한 황효진의 의지란 엄청난 것이어서, 내가 물이 아닌 잠에 빠져 허우적거리는 동안 이미 이런 메시지를 보내놓았던 것이다.

— 비 오는 날 수영 너무 좋아요!

좋겠지, 그래.

— 우리 점심은 수영장에서 라면 먹어요.

좋았어, 최고.

아무리 망원지구 한강 야외수영장이 범홍대 구역의 다양한 사람들이 모여드는 핫 플레이스라고 해도, 비 오는 날 아침부터 수영장을 찾은 사람은 거의 없었다. 우리는 성인 입장료 5,000원씩을 매표소에 지불한 뒤, 매일 오고 싶지만 매일 5,000원은 아무래도 조금 비싸지 않은지에 대한 이야기를 나누며 그해 여름 첫 수영장으로 입장했다. 상당히 넓은 수영장에는 오직 우리와, 우리를 뒤따라 입장한 한 무리의 남자 고등학생들만이 존재했다.

"비가 이 정도로 오는데 수영장에 가야겠다고 생각하는 사람들은 남고생들밖에 없나 봐요."

"왜, 우리도 있잖아요."

쉽게 승부욕이 불타오르는 성격인 나는 겨우 몇십 분 전 침대 위의 귀찮음 같은 건 모두 잊고 보란 듯이 놀아주기로 결심했다. 내가 이런 표현을 쓸 때면 황효진은 늘 "누구 보란듯이요?"라고 묻는다. 보통은 그 누구가 명확하지 않지만, 이 경우만큼은 확실했다. 저 남자 고등학생 무리보다 훨씬 더 신나게, 잘, 수영장 곳곳을 만끽하며 노는 게 나의 목표였다. 그리고 우리는 진짜로 그렇게 했다.

"사실상 전지훈련이라고 봐야죠."

부산 영도의 거친 바다에서 수영을 배웠다는 황효진의 미션은 잠영이었다. 파도와 싸워본 경험자답게 팔다리의 힘이 좋았다. 더 깊게 잠수해서 더 오랫

동안 앞으로 나아가는 것이 그날 황효진의 목표였다. 바닥에 닿을 정도로 깊이 내려간 뒤, 바닥과 평행한 상태로 쭉 전진하는 것이다. 팔다리를 대충 허우적거리다가 평영에 진전이 없자 금세 흥미를 잃은 나는 황효진이 연습하는 걸 구경하기로 했다.

얄팍하게 수면 바로 아래까지만 얼굴을 넣고 그가 잠수하는 모습을 바라보았다. 황효진은 정확하게 '풍덩' 소리를 내며 물에 거꾸로 들어간 뒤 몸이 바닥에 가까워지면 앞으로 나아갔다. 어느새 숨이 모자라게 된 내가 '퐁' 하고 얼굴을 물 밖으로 빼내면 내가 방금 올라오며 만들어낸 파동 말고는 흔들림 없이 잔잔한 수면을 볼 수 있었다. 조금 더 나아가다가 숨이 끝까지 찬 황효진이 튀어오르듯 올라오며 수면을 뒤흔들기 직전까지는 말이다.

그렇게 한참 수영을 즐기다 찾아온 두 번째 쉬는 시간, 그림자가 가장 짧은 시간이 되자마자 매점 코너로 향했다. 라면 타임이었다. 나의 선택은 참깨라면. 예전이었다면 아마 컵라면을 택했을 것이다. 하지만 수영장 매점을 포함한 한강변 수영장은 특수

사각용기에 봉지라면을 넣고 끓일 수 있는 '즉석 라면 조리기'라는 신문물을 들여놓은 상황이었다. 봉지라면이라는 선택지가 있고 심지어 새로운 조리기구를 시도해볼 수 있다면 무조건 봉지라면이라는 나의 의견에 이견을 달지 않고, 황효진이 물었다.

"달걀은 어떡할까요?"

문제는 달걀이었다. 평소라면 달걀은 굳이 선택하지 않을 옵션이다. (참깨라면은 내가 알기로 달걀 블럭이 들어 있는 유일한 라면이다.) 하지만 여기는 수영장이고, 훈련급으로 수영을 했다면 단백질 섭취가 필요한 게 당연지사. 달걀 콜! 500원을 추가해 날달걀 하나씩을 들고 조리기 앞으로 갔다. 라면과 수프를 넣은 그릇을 조리기에 얹고 시간을 세팅하면 알아서 라면이 완성된다. "달걀을 넣은 후 잘 저어주세요."라는 지침은 무시하는 게 좋다. 달걀을 마구 풀어 넣으면 라면 달걀죽이 될 뿐이다. 달걀은 국물이 끓는 와중에도 고요하게, 되도록이면 모양을 유지한 채로 익어가야 한다.

마치 잠영 같은 것이군. 있는 그대로 '보글보글' 소리를 내며 끓고 있는 라면을 바라보며 나는 생각했다. 흔들림 없이, 국물의 맛을 해치지 않도록 혼자 조용히, 깊은 곳에서 익어가야 한다. 라면 속 달걀에 관한 나의 철학은 그렇다. 황효진이 달걀을 풀었던 가? 그건 기억이 나지 않는다. 그 순간만큼은 오직 나와 라면만 존재했기 때문이다. 아마 황효진도 그 랬을 것이다. 우리에게는 각자의 방식으로 끓인 각 자의 라면이 있었다. 수영장 밖의 삶이 아무리 버겁 거나 어려운 것이었어도, 그 몇 분 동안만큼은 우리 와 라면 사이에 끼어드는 문제 같은 건 없었다.

　　우리는 파라솔 그늘 아래 테이블에 라면을 두고 수영장 쪽을 바라보며 앉았다. 앞서 그림자가 짧은 시간이라고 말했던가? 그랬다. 비가 걷히고, 여름 햇살이 머리 꼭대기에 수직으로 쏟아졌다. 라면은 적당하게 익어 지나가는 사람이 홀려 매점에 들어오 게 만들고도 남을 만한 냄새를 풍기고 있었다. 우리 가 빠져나온 물의 표면이 햇살에 반짝이는 걸 바라 보면서 방금 달걀이 잠영을 한 라면을 먹었다. 문득 이런 생각을 했던 것도 같다. 오늘같은 날들이 계속 된다면, 그럴 수만 있다면.

얼마 전 마스크를 쓰고 한강을 따라 걷다가 마주친 수영장은 폐허 수준이었다. 마스크는 당연히 쓸 필요도 없고, 수많은 사람이 같은 공간에서 수영을 할 수 있었던 어느 여름날은 마치 존재하지도 않았던 것 같았다. 공사장과 잡초 틈새로 물이 빠진 수영장을 바라보았다. 을씨년한 풍경 위로 도시락 컵라면 용기 모양의 텅 빈 수영장에 물이 가득했던 날이 겹쳐졌다. 그 위를 둥둥 떠다니던 우리가 떠오르자, 무언가 '풍덩' 하고 내 마음속 깊은 바닥 가까이로 잠수한 것 같은 느낌이 들었다. 추억이라고 이름 붙여버리면 정말로 다시 오지 않을 것 같아 뭉쳐둔 기억의 덩어리들이 고요하게 가만히 숨을 참으면서, 그렇지만 동시에 조용히 조금씩 나아가면서, 언젠가 쓰여지고 말해져 '퐁' 하고 떠오르게 될 순간을 기다리고 있는 느낌.

이런 미래는 알지 못하던 2017년 여름의 우리에게는 아직, 오후 수영이 남아 있었다. 달걀의 단백질이 선물한 에너지를 다 쓰고도 한참 동안 잠영 연습을 하며 쏟아지는 햇살을 받아내게 될 오후가. 그 오후가 지나고 나면 화상에 가까운 수영복 자국이 몸에 남는 것으로도 모자라 얼굴이 수영모와 물안경 모양만 남긴 채 타게 될 것이었다. 붉게 얼룩진 서로의 얼굴을 사진으로 찍으며 웃음이 터지고, 등이 쓰라려 엎드려 자면서도 또 수영장에 가자고, 가서 이번에는 다른 라면을 먹자고 말하면서도 언제든 갈수 있을 거라고 생각하며 미루게 될 것이었다.

다시 오지 않을, 여름이었다.

열째, 물이 끓는 동안
마지막 팁이 있다면

상 차리기와 같은 모든 세팅이 끝났고, 막간 설거지 거리도 없어 물이 끓는 동안 딱히 해야 할 일이 있는 게 아니라면, 그냥 면이 익는 모습을 바라보고 있는 게 좋다. 그러다 보면 해야 할 일을 저절로 알게 된다. 물이 부족한 것 같으면 당황하지 말고 미리 전기포트에 끓여둔 물을 더 넣는다. 익었을 때가 된 것 같으면 한 가닥쯤 먹어본다.

그렇게 지켜보다 보면 또 역시 자연스럽게 알게 된다. 이쯤 불을 끄면 된다는 신호가 오는 순간 말이다. 끓이고 또 끓이다 보면 그 순간을 정확히 감지할 수 있는 나를 발견하게 될 것이다.

특정 상황 외에 큰 쓸모는 없지만 사소하게 유익하고 매우 뿌듯하다는 점에서 버스 정류장에서 버스의 앞문 위치를 예측해 정확히 맞추어 서 있기와 비슷한 기술이다. 자주 끓이되 생각을 많이 하면서 끓이다 보면, 금방 잘 끓이게 된다. 그런 의미에서 라면을 맛있게 끓이는 방법에 왕도 같은 건 없는 셈이다. 기본을 지키고, 생각을 하고, 끓이기를 반복하는 것. 그게 전부다.

일의 기본, 라면의 기본

30대의 비혼 여성 네 명이 모이면 어떤 이야기를 할까? 시간이 맞을 때면 일요일 오후를 함께 보내곤 하는 나의 친구들을 기준으로 보자면 첫 번째 주제는 무조건 일이다. 일 이야기가 아닌 주제로 대화를 시작했던 때가 아득하다. 일이 아닌 경우라면 대체로 건강과 운동에 대한 것이고, 그다음으로는 정치라든가 종교, 사회 일반, 주거, 그리고 돈 이야기 같은 것이 따라온다. 거기에 더해진다면 모두에게 있는 조카 이야기 정도다.

언젠가 연애에 대한 이야기를 한 적도 있었던가? 최장 15년에서 최단 8~9년째 친구로 지내며 매해 서로의 생일 파티를 함께하는 멤버들이니 언젠가 과거에는 그랬던 적도 있었겠지만 까마득해서 기억이 잘 나지 않는다. 나는 우리의 대화가 벡델 테스트˙를 통과하지 못하는 순간이 없다는 것이 퍽 마음에 든다.

˙ 1985년 만화가 엘리슨 벡델이 고안한 영화 성평등 테스트.

오늘도 친구들은 또 일 이야기를 하고 있다. 사회생활을 시작하고 극초반을 제외하면 조직에 소속된 내부인으로 일해본 적이 없는 나는, 회사 안의 조직 문화라는 것이 언제나 흥미롭다. 신입 시절 엑셀 서류에서 테두리가 누락되었다는 지적에 자를 대고 볼펜으로 선을 그어 가져갔다던 친구는, 지금은 한 달의 절반 정도만 일해도 이전에 받던 월급보다 많은 급여를 받는 훌륭한 숙련 프리랜서 노동자로 성장했다. 원래 잘하던 사람은 성장할 수 없다. 성장할 때, 이야기는 재미있어진다.

오늘도 일 이야기로 끝까지 가겠구나 싶어질 즈음 나는 슬쩍 자리에서 일어난다. 대화가 길어지고 음식이 떨어질 무렵, 이미 애피타이저에 메인, 후식에 2차 후식까지 먹었지만 이대로 끝낼 수 없을 때가 바로 내가 나서는 시간이다. 라면을 끓여야 하기 때문이다. 지금 물 올리러 갑니다.

3차 후식쯤 되기 때문에 사람은 네 명이지만 라면은 두 봉을 끓인다. 라면을 2인분 이상 끓이는 것은 꽤 어려운 일이다. 보통 사람들이 생각하는 것보다 훨씬 어렵다. 라면이 두 개이니 물도 두 배면 되는 게 아니냐고 생각하겠지만 그게 말처럼 그렇게 간단하지 않다.

애초에 입이 두 개 혹은 그 이상이라는 게 문제의 핵심이다. 나는 우리 넷 중 한 명이 우리가 만날 때 내가 끓여주는 걸 제외하면 평소에 라면을 먹지 않는다는 것을 안다. 라면을 드물게 먹기 때문에 최상의 맛을 선보여야 한다는 책임감이 더해지는 부분이다. 또 다른 한 명은 평소에도 라면을 먹긴 하지만 언제나 내게 구박을 받을 만큼 대충 끓이기 때문에 오늘도 새로운 가르침을 줄 필요가 있다. 하지만 가장 문제가 되는 건 마지막 한 사람의 경우다. 자신만의 라면에 대한 철학이 있는 사람. 언제나 그게 가장 어렵다.

모두가 만족할 수 있는 라면이란 어떤 것일까. 그건 하나뿐이다. 다른 의견, 다른 철학, 다른 입맛, 다른 취향 그 모든 것을 뛰어넘는 궁극의 라면. 그런 게 있는지를 의심하고 있다는 걸 안다. 불가능하다고 생각할 수 있다. 하지만 그렇지 않다. "불가능, 그건 아무것도 아니다."라는 아디다스의 카피를 문자

그대로 실현한 리오넬 메시의 축구가 이 세상에 존재하는 것과 같은 이치다. (사비 에르난데스는 말했다. "리오넬 메시를 좋아하지 않을 수는 있다. 하지만 리오넬 메시를 싫어하면서 축구를 사랑할 수는 없다. 그건 불가능한 일이다." 불가능은 이런 문장에만 써야 한다.) 나의 사랑하는 메시처럼 불가능을 뛰어넘으려면, 모든 기준을 넘어 일단은 "맛있다."고 말할 수 있는 라면을 끓여야만 한다.

어찌 되었건 어려운 일 앞에서 나는 비장해진다. 친구들은 계속 일 이야기를 하고 있다. 밀레니얼 세대의 일하는 방식이라든가, 일 바깥의 생활에서 안정을 찾으니 자연히 일하는 태도도 변화하게 된 후배라든가, 협업과 시간 관리의 어려움 등에 관한 이야기가 배경 음악처럼 흐르는 가운데, 나는 낯선 주방 낯선 냄비와 마주한다.

보편의 입맛을 고려해 평소 내가 먹는 것보다는 약간 더 익힌다. 하지만 절대 푹 익지는 않은 수준이다. 대화를 하면서도 냄비 앞에 붙박이가 된 내 근처를 오가며 앞접시며 수저를 세팅한 부지런한 친구들 사이, 식탁의 한가운데에 라면 냄비를 놓는다. 누군가는 국물을 먼저 떠먹고, 누군가는 면부터 앞접시로 옮긴다. 가장 긴장되는 순간이다.

"진짜 신기해. 윤이나가 끓이면 라면 국물에서 고기 맛이 나."

열심히 젓가락질을 하는 친구들의 반응에 나는 만족한다. 그리고 괜히 오늘의 주제와 라면을 연결지으며 떠들기 시작한다.

"이건 일하는 거랑 같은 이치라고. 결국 기본이야. 기본을 잘해야 돼. 라면을 끓이고, 끓이면서 반성하는 거야. 이번에는 물이 적었다든가, 불을 끄는 타이밍이 늦었다든가, 라면의 상태를 꼼꼼히 살피지 않았다든가 하는 것을 돌이켜보는 거야."

다 먹은 친구들이 젓가락을 내려놓는다. 면도 국물도 거의 남지 않았다. 나는 그제야 긴장을 푼다. 긴장한다는 것은 좋은 신호다. 원래 무언가 정말 잘하고 싶을 때 긴장하는 법이니까. 라면 앞에서 여전히 긴장한다는 것에 대해 친구들 몰래 작은 만족감을 느낀다.

하지만 가능하다면 2인분을 끓이는 건 아주 가끔이었으면 한다. 누구나 최상의 기량을 선보일 수 있는 상황을 선호하는 법이다. 나의 주종목은 오직 나를 위한 1인분의 라면이다.

열한째, 맛있게 먹겠습니다

자, 드디어 라면을 먹을 차례다. 오직 나만을 위해 끓인 1인분의 라면이 완성됐다. 내가 끓인 내 입맛에 맞는 라면. 지금까지 나를 키워왔고, 앞으로도 나를 키울 라면이다.

엄마의 호떡, 딸의 라면

이스트 냄새를 아는 사람이 몇이나 될까? 묻기 전에 일단 이스트가 무엇인지부터 설명할 필요가 있겠다. 이스트는 습기가 있는 밀가루와 섞이면 부풀어 오르는 작용을 하는 빵효모다. 나도 검색으로 찾아보기 전까지는 '대충 효모 비슷한 거'와 같은 느낌으로만 알고 있었는데, 비슷한 게 아니고 효모였다. 이스트에 대한 기나긴 설명 중에 나의 눈길을 잡아채는 단어는 '알코올 발효'다. 알코올. 알콜이 아닌 이 '알코-올'에서 느껴지는 시큼하면서도 쿰쿰하고 약간 쉰 듯한 그런 냄새가 이스트에서는 난다.

내가 이스트 냄새를 아는 이유는 엄마가 호떡 장사를 했기 때문이다. 정확히 언제부터 언제까지인지를 말하기는 어렵다. 분식집이 망하고 호떡을 팔던 시기가 서로 겹치는 구간이 있었고, 호떡을 고정된 장소에서 판매했던 시기가 또 있고, 딱히 이동을 하지는 않았지만 이동이 가능한 길거리 포장마차 형태로 존재했던 시기도 있기 때문이다.

중요한 건 분식을 중심으로 한 엄마의 다양하고도 지난한 자영업의 이력 안에서 호떡이 차지하는 비중이 제일 높았으며 기간 역시 가장 길었다는 사실이다. 그래서 내가 중학생이던 시절부터 성인이된 이후로도 꽤 오랫동안, 집에는 늘 호떡 반죽이 있었다. 특히 겨울이면 이스트가 가득 들어간 호떡 반죽이 뚜껑이 있는 커다란 다라이에 담겨 마치 가족의 일원인 양 안방 한구석에 자리해 있곤 했다. 하필이면 왜 안방이냐면, 모두가 알고 있는 상식에 부합하게도 따뜻한 곳에 있어야 발효가 잘되기 때문이다.

이런 연유로 보일러가 보편화된 시절에도 어쩐지 집안의 어른이 앉아야 할 것같이 가장 뜨끈한, 안방의 아랫목쯤 되는 그런 위치에, 사람 대신 호떡 반죽이 떡하니 자리하고 있었던 것이다. 더 빠른 발효가 필요할 때면 호떡 반죽이 겨울이불을 덮고 있기도 했다. 당시만 하더라도 따뜻한 겨울을 만들어줄 최신상 극세사 이불을 나보다 호떡 반죽이 먼저 덮을 정도였으니 우리 집에서 호떡의 위상을 알 만하지 않은가? 아니면 어쩐지 호떡에 밀려버린 단 하나뿐인 딸의 위치라든지.

위치가 어찌 됐든 그 이불을 호떡이 먼저 덮은 뒤 내가 나중에 덮고 잤다는 것만은 분명한 사실이다. 이불에서는 호떡 반죽의 냄새가 났다. 시큼하고 쿰쿰한, 아직 불을 만나지 않아 익지 않은 반죽에서만 맡을 수 있는 이스트의 냄새. 그 이불을 덮고 잔다고 해서 고소한 꿈을 꾸지는 않았지만, 호떡이 얼마나 따뜻한 오후를 보냈는지는 알 수 있었다.

호떡 반죽 때문에 이스트 냄새를 알게 된 것은 물론, 발효라는 게 상당히 빠른 시간에 일어날 수 있다는 것도 배웠다. 엄마는 호떡이 많이 팔리는 계절이면 반죽을 하루에 두 통씩 했다. 그런 날에는 가끔 밖에 있는 나에게 전화를 걸곤 했다.

"딸! 집에 가서 반죽 넘치지 않았는지 확인 좀 해봐."

집에 가면 언제나 아슬아슬하게 뚜껑을 비집고 나왔지만 가까스로 바닥까지 흘러넘치지는 않은 반죽이 예의 그 냄새를 풍기며 기다리고 있었다. 이런 상황에 이미 익숙한 호떡집 딸인 나는 평정을 유지한 채 실리콘 주걱을 주방에서 들고 나와 반죽을 척척 긁어 다시 통 안으로 집어넣었다. 그러면 한껏 부풀었던 반죽에서 공기가 빠져나왔다. (그 공기는 이산화탄소라는 것을, 역시 조금 전 검색으로 알게 되었다.) 공기가 빠진 반죽은 다시 얌전하게 통 속으로 들어갔다.

이때 언제나 신기했던 건 잘 발효된 호떡 반죽은 통이나 주걱에 들러붙지 않는 상태라는 것이었다. 튀김 반죽처럼 질척이지 않았고, 동그랗게 약간 부풀어오른 듯한 호떡 반죽이 다시 제자리를 찾으면, 반죽 한 통만큼의 호떡을 다 판 엄마가 다시 반죽을 가지러 오거나 아빠가 가져다주거나 했다.

엄마는 이미 잘 달라붙지 않는 호떡 반죽을 조금 떼어 반질반질한 식용유를 바르고 둥글게 만든 다음 기름이 지글지글한 판 위에 올렸고, 적당히 구워지면 뒤집는 것과 동시에 호떡 누르개로 지그시 눌러 모두가 아는 그 둥글넓적한 모양으로 만들었다. 자연스럽고 숙련된 동작이었다.

　오랫동안 집에서는 이스트 냄새가 떠나지 않았고, 그 반죽과 엄마의 숙련된 노동이 우리 가족의 한 시절을 먹여 살렸다. 딸과 달리 말수가 적고 생색을 내지 않는 엄마는 계속 호떡을 굽다가 어느 날부터 굽지 않았고, 다시는 굽지 않는 것으로 그 고단함을 조용히 마무리했다. 그렇게 집에서 이스트 냄새를 맡을 일도 사라졌다. 그립다고 한다면 거짓말이겠고, 겨울이면 가끔 생각이 나기는 했던 것도 같다.

　엄마가 호떡을 팔 때도 그랬지만, 팔지 않을 때도 나는 호떡을 거의 사 먹지 않았다. 어쩔 수 없이 내 안에서 호떡은 공짜였기 때문이다. 한 번도 돈을 내고 먹어본 적이 없는 음식이기 때문에, 그게 단돈 1,000원이어도 ● 추가로 비용을 지불하는 느낌이었

●　엄마가 호떡 세 개에 1,000원이던 시절부터 호떡을 팔았던 걸로 기억하는데, 어느 날 서울에서 호떡집을 보았을 때는 한 개에 1,000원이었다. 과연 지금은 얼마인가. 길거리에서 간식을 사 먹는 일이 어려워진 지금, 호떡 한 개의 평균가가 얼마인지 알 수 있는 방법이 없다. 대신 최근 대형 마트 조리대에서 공갈 호떡 한 개에 3,000원이라는 가격표가 붙어 있는 걸 보았다. 붕

다고나 할까. 하지만 그렇다고 해서 엄마의 사랑과 노동이 공짜라고 생각하는 것은 아니니 오해가 없기를 바란다.

여기에 더해 호떡을 굳이 사 먹지 않는 또 다른 이유는 호떡이 만들어지기까지의 과정이 나에게 너무 생생하다는 데 있다. 사실 호떡은 여러분의 상상보다 훨씬 많은 밀가루와 설탕이 반죽되어 이스트 냄새를 풍기며 발효된 뒤에 뜨거운 철판 위에서 생각보다 훨씬 많은 마가린(알코-올과 비슷하게 읽어야 한다. 마가아-린.) 기름 위에서 튀기듯 구워진다. 안에 들어간 소는 흑설탕에 빻은 땅콩이 주원료가 되는데, 반죽 안에 넣을 때 설탕이 들러붙어 뭉치지 않도록 밀가루가 또 들어간다.

이 과정을 알고 있다는 것이 호떡을 사 먹는 일을 주저하게 만들었다. 앞에서는 공짜가 아니라서라고 말했으므로 상당히 모순된 감정일 수 있지만, 겨우 1,000원 한 장으로 사 먹기에는 너무 많은 노동

어빵이 먹고 싶든 호두과자가 먹고 싶든 호떡이 먹고 싶든 가슴 안에 3,000원쯤은 있어야 하는 것이다.

력이 들어가 있는 느낌 또한 어쩔 수 없이 들고 마는 것이다. 길거리에서 간식거리 하나를 사 먹는 데 있어서 이렇게까지 복잡한 감정 소모를 하고 싶지 않았고, 그래서 나는 호떡을 사 먹지 않았다.

밖에서 라면을 보면 어쩐지 호떡을 볼 때와 비슷한 감정이 든다. 라면은 간편한 음식이지만 분식집 라면이라는 건 또 그렇지가 않아서 더 많은 기술과 재료가 들어가기 마련이다. 그들로서도 750원짜리를 그냥 끓여서 3,500원을 받을 수는 없는 일이다. 따라서 달걀을 푸는 방식에 있어서나 라면 위에 얹는 고명의 종류에 있어서나 가게 나름의 고민과 방식이 들어가 있고, 액젓이나 후추 같은 양념을 더하기도 하기 때문에 분식집에서 벌어지는 일은 조리이기보다 요리다. 해물라면이라든가 치즈라면이 되면 더 멀리 간다.

즉 750원으로 충분한 무엇을 3,500원으로 만들기 위해 굳이 다른 사람의 수고를 더한다는 것이 내게는 언제나 좀 머쓱한 일로 느껴진다. 무엇보다 라면이 애초에 다른 상품명으로 출시될 때의 고유한 각각의 맛이 일괄 분식집 라면 맛이 되어버린다는 게 가장 마음에 들지 않는다. 나는 진라면이 진라면의 맛이고, 신라면이 신라면의 맛이고, 열라면이 열라면의 맛인 게 좋다. (여기 나열된 라면들은 호오라기보다 라임을 맞춘 것이다.) 무언가를 첨가하는 특유의 과정을 거치면서 라면이 분식집의 맛이 되면, 원래 각자의 봉지에 숨겨둔 구수하고 얼큰하고 고소한, 이름대로의 고유한 맛이 사라져버린다.

어느 날 엄마에게 엄마가 반죽하던 과정이 생각나서 어쩐지 호떡을 밖에서 사 먹기 좀 어색하다는 말을 했더니, 엄마가 별소리를 다 한다는 식으로 대답했다.

"요새 반죽을 집에서 하는 사람이 어딨어? 요새는 다 공장에서 반죽해서 나와."

딸이 추억인지 아련함인지 고마움인지 모를 감정에 괜히 질척거리며 복잡한 속내를 숨기지 못하는 동안 엄마는 이미 예전에, 산뜻하게 호떡을 보내준 것이었다.

엄마가 만든 호떡으로 온 가족을 먹여 살리는 동안 나는 '종종'보다 훨씬 '자주' 라면을 먹으며 자라났다. 서른보다 마흔에 가까워진 지금도 전화기 너머로 "또 라면을 먹었어?"라며 엄마에겐 혼나곤 한다. 엄마와는 달리 나는 그저 나만을 위해 라면을 끓여왔으므로 앞으로도 산뜻하게 라면을 보내줄 생각이 없다. 몸은 다 자랐지만, 오늘의 라면도 피와 살이 되기는 할 것이다.

호떡이든 라면이든, 나를 키운 건 아무래도 밀가루였던 것 같다.

어른의 맛

어릴 때는 하루라도 빨리 커피를 마시고 싶었다. 집에 온갖 커피 내리는 도구를 구비한 카페인 중독자로 살게 될 낌새가 일찌감치 보였다고 해석할 수도 있겠지만, 그렇게 설명하면 조금 슬퍼지니까 그냥 빨리 어른이 되고 싶었던 마음 같은 것으로 받아들이는 게 좋겠다.

명절에 큰집에 가면 오래된 찬장 안에 장식적인 커피잔 세트가 가득했는데 그 잔에 커피를 마시는 게 정말 멋져 보였다. 지금이라면 빈티지로 판매될 그 잔들은 그저 그 시절의 것이었다. 커피는 막내 며느리인 엄마의 담당이었다. 조금만 멀리서 보면 왜 엄마가 밥도 채 다 먹기 전에 남자 어른들에게 커피를 내놓기 위해 분주히 움직이는지 궁금했을 법도 하지만, 나는 어린아이였고 대부분의 것을 코앞에 두고 봤다. 그런 이유로 급속도로 눈이 나빠졌고 먼 곳을 보기 위해 곧 안경을 쓰게 되었다.

안경을 쓰기 전, 어린 내가 그저 커피를 마셔보고 싶었던 시절에는 원두 커피는커녕 믹스 커피도 없었다. 알갱이가 큼지막한 동결건조 커피와 제품 이름으로 불렀던 프리마, 그리고 설탕을 조합해 커피를 탔다. '둘, 둘, 둘', '셋, 둘, 하나' 이런 식이었다. 엄마는 옆에 달라붙어 커피에 흥미를 보이는 나를 귀찮아하지 않고, 프림 둘 설탕 둘쯤을 넣은 희멀건하고 미지근한 물에 맥심 아니면 테이스터스 초이스 동결건조 커피 알갱이를 네댓 개쯤 넣은 음료를 만들어주곤 했다. 36색 티티파스의 이름으로 색을 구분하던 시기였기 때문에 어서 빨리 자라서 상아색이 아닌 다갈색의 커피를 마시고 싶었다. 중간 단계를 훌쩍 뛰어넘고 매일매일 짜파게티색의 커피를 마시게 될 날이 눈 깜짝할 새에 올 것이었지만, 그때는 그게 바라는 것의 전부였다.

"고모. 커피는 무슨 맛이에요?"

겨우 반나절의 육아에 기운이 빠져 퀭한 상태로 커피를 마시고 있는 나를 보며 큰 조카가 물었다. 글쎄, 무슨 맛일까. '인생의 맛'이라고 하면 미친 사람 같을까. 아니면 '어른의 맛'은? 잠시 단어를 고르는 사이, 전기장판을 트는 계절이 올 때까지 얼음 넣은 커피를 마시는 내가 못마땅한 엄마, 곧 조카의 할머니는 이렇게 대답했다.

"쓴맛!"

과연, 인생의 맛이라면 쓴맛이지. 역시 연륜인가. 곱씹으며 생각하는 사이 조카가 다시 물었다.

"그런데 왜 먹어요?"

그러게 말이다. 계속해서 말문이 막히는 명절이었다. 조카는 전날부터 질문이 많았다. 할아버지의 휴대폰으로 나에게 전화를 걸어 몇시에 오느냐고 물었다. 귀 옆에서 울려대는 진동 탓에 방금 잠에서 깬

나는 대충 두어 시간 뒤로 도착 시간을 말하고는 느릿하게 준비를 시작했다. 아무래도 좀 늦을 듯했다. 지하철을 타면서 좀 늦어진다고 연락을 하려던 찰나, 이번에는 엄마에게서 메시지가 왔다. 딸의 이런 습성을 잘 아는 엄마가 큰 손주에게 "고모는 말한 시간보다 분명 늦게 올 거야."라고 했더니 조카가 고모는 반드시 시간 맞춰 올 것이라며 이렇게 덧붙이더라는 것이다.

"고모가 나한테 거짓말하는 거 봤어요?"

그 말에 나는 버스로 갈아타야 하는 지점에서 택시를 잡아 탔다. 택시 안에서 서울시와 경기도의 경계를 넘으며 요금이 치솟는 걸 지켜보면서, 다시는 조카들을 기다리게 하지도 않을 것이며, 길에 돈을 쏟아붓지도 않을 것이라고 다짐했다.

하지만 이런 애정 어린 다짐도 무색하게 큰 조카를 울려버리고 말았다. 윷놀이에서 윷이나 모가 나오는 것이 내가 가진 운 중에 하나라고 한다면, 이렇게 쓸데없이 여기서 써도 될까 싶을 정도로 그날 따라 이상하게 윷이 많이 나왔다. 고모 된 입장에서도 난감했다. 꼭 이길 필요도 없고, 실은 이기든 지든 결국 내가 뭔가를 사내야 하는 윷놀이를 하는데 이렇게까지 윷이 자주 나올 건 뭐란 말인가.

조카는 패배라는 이름으로 자신만의 슬픔에 빠져가고 있었다. 점점 말이 없어지던 조카가 두 번째 판에서도 지자 갑자기 대각선 건너편에 있던, 나의 오빠이자 자기 아빠 무릎으로 가서 앉았다. 나는 눈물이 가득한 조카의 눈을 보며 그 어떤 의도도 없이 "졌다고 울어?"라고 물었는데, 그 순간 바로 '아차!' 싶었다. 정말로 약 올릴 의도는 없었으나 다분히 놀리는 것으로 들렸을 고모의 한마디는 조카의 맺힌 눈물이 뚝뚝 떨어지게 만들기에 차고 넘치는 것이었다. 울고, 화를 내고, 다시 울었다. 아이를 달래는 데 전혀 소질이 없는 나는 "이길 때도 있고 질 때도 있는 거야." 같은 다정한 한마디를 못하고 "끝날 때까지는 끝난 게 아니야." 같은 야구 명언이나 늘어놓았다. 결국 아빠가 아들을 방으로 데리고 들어가 달래고 나서야 상황이 아주 조금 나아졌다.

하지만 눈물을 그친 조카가 모든 것을 취소하고 다시 처음부터 시작할 것을 제안하면서 나는 다시 시험에 들게 되었다. 나라고 이기고 싶은 게 아니었다. 윷 다음에 윷이, 그리고 다시 모가 나오고, 그 다음에 걸이 나와서 조카의 말을 잡는 시나리오 같은 건 작가로서도 너무 억지스럽기 때문에 절대 쓰지 않을 것이었다. 그래도 말을 착각하며 놓는 식으로 어떻게 가까스로 2:2 스코어를 만들었다.

다시 한번 아빠와 할머니까지 합류한 대망의 마지막 판이 진행되었다. 손자가 '한 번 놓은 말은 되돌리기 없기' 조항을 내걸자마자 "어이쿠!" 하며 다른 말을 엉뚱하게 전진시킨 할머니의 재치로 최종 승자는 결국 조카가 되면서 이 모든 윷놀이 사달은 마무리되었다. 나는 기꺼이 패배자가 되었다. 살면서 그렇게 기쁜 패배는 처음이었다.

나는 조카의 손을 잡고 편의점으로 갔다. 어떤 말을 해줄까 고민하다가 이번에는 이렇게 말했다. "언제나 이길 수는 없어." 비장하게 준비한 멘트였지만 앞에서 못했거나 이미 뱉은 말들보다 나을 것이라곤 하나도 없었다. 조카 역시도 편의점에서 무엇을 골라야 할지에만 관심이 있을 뿐 아무런 감흥

이 없는 것 같았다.

　조카는 아이스크림과 함께 컵라면을 집어들었다. 튀김우동이었다. 당시 조카는 얼마 전 1월을 맞이해 일곱 살이 된 상황이었는데, 나는 일곱 살이 라면을 먹을 수 있는지 아닌지에 대한 정보가 전혀 없었다. 물론 나는 더 어릴 때부터 라면을 먹었던 것 같기는 하지만, 그 당시의 육아와 지금의 육아는 전혀 다르지 않은가. 오빠에게 전화를 걸어 확인하려는 나에게 조카가 믿어보라는 듯이 말했다.

　"저 라면 먹을 수 있어요! 더 매운 것도 먹는걸요!"

　믿어보기로 했다. 튀김우동은 맵지도 않고, 어린 시절 컵라면을 먹을 때면 오빠가 늘 선택하던 라면이라는 점이 마음에 들었기 때문이다. 무엇보다 조카가 나에게 라면을 먹을 수 있다는 사실을 알려주어 기뻤다. 살며 처음으로 세상에 오는 과정을 지켜봐온 작은 인간의 세상이 그렇게 넓어지고 있다는 걸 확인할 수 있어 좋았다.

　게다가 라면 아닌가. 라면이야말로 커피라든가 술을 만나기 전에 경험하는 '1차 어른의 맛'과 비슷한 것일 테니까 말이다. 영양가는 그리 풍부하지 않지만 맛은 있고, 크게 몸에 해로운 건 아니지만 지나치게 자주 먹어서 좋을 건 없는, 그런 음식도 먹으면서 인간은 자라난다. 언제나 이길 수만은 없는 것처럼 오직 좋은 음식, 건강한 음식만 먹으면서 살아갈 수는 없다. 언제까지나 MSG의 맛을 모른 채 살아갈 수도 없다. 가끔 지면서, 쓴맛도 보면서, 새로운 맛도 느끼면서, 그렇게 세상은 넓어진다.

자기가 들겠다며 아이스크림과 컵라면이 든 봉지를 한 손에 달랑거리며 걷는 조카의 남은 한 손을 잡고, 나는 또 한번 생각했다. 앞으로 수도 없이 많은 순간에, 너는 질 거야. 그렇지만 매번 울지는 않을 거야. 그러니까 오늘은 일단 라면과 아이스크림을 먹자. 커피는 고모만 마셔서 미안해.

집으로 돌아와 커피에 대한 궁금증도 패배의 눈물도 모두 뒤로하고 튀김우동을 열심히 먹는 조카를 바라보다 물었다.

"맛있어?"

"네!"

씩씩하고 정직한, 심지어 정답이었다. 조카는 컵라면 용기를 들고 바닥에 남은 국물 한 방울까지 마셨다. 역시 이 집안의 피를 이어받은 입맛이었다.

조카가 이미 정답을 알게 되었지만, "라면은 무슨 맛이에요?"라고 다시금 묻는다면 나는 이런 답을 해줄 수 있을 것 같다.

라면은 어떤 맛이냐면, 대충 어른의 맛이야. 고모는 너의 몸과 마음이 자라는 속도를 따라가느라 가끔 버겁고 오늘의 너를 보지 못하는 게 매일 아쉬운데, 너는 어느 순간 어른이 되겠지. 세상에서 가장 사랑하는 작은 사람. 비밀을 하나 말해줄게. 어른은 윷놀이를 하지 않아도, 축구를 하지 않아도 질 수 있어. 그런데 고모도 지는 게 너무 싫어서 진 것 같으면 몰래 울어. 눈물에서는 짠맛이 나는데, 라면 국물하고 비슷한 맛이야. 그렇지만 어른이 짠맛만 느끼는 건 아니야. 자라나고 살아가다 보면 어떤 순간은 달아서 발가락까지 간지러울 거고, 어떤 순간은 눈물 쏙 빠지게 맵기도 할 거야. 씁쓸하지만 달콤하고, 시큼하면서도 새콤하고, 짜다가도 싱겁고, 그렇게 알고 있던, 또 몰랐던 맛이 같이 느껴질 거야. 그게 어른의 맛이고, 라면의 맛이야.

커피도, 아직은 먹지 못하는 다른 음식도, 거기서 느껴지는 어른의 맛도 즐길 수 있는 날이 금방 올 거야. 지금은 어른들이 맛보지 못하게 하고, 먹어보았자 이상하게만 느껴지겠지만, 언젠가는 복잡하지만 참 맛있는 맛이라는 걸 알게 될 거야. 아마도 어른이 되는 것도, 살아가는 것도 그렇다고 생각하게 될 거야.

그러니까 나중에 혹시라도 아직 라면의 맛을 모르는 친구나 동생이 라면이 어떤 맛이냐고 물어보면, 그날처럼 맛있는 맛이라고 대답하면 돼. 왜냐하면 우리 고모가 그랬으니까. 고모는 나에게 절대 거짓말을 하지 않으니까.

열두째, 계속 라면을 먹으려면

얼마 전 잠시 라면을 금지당한 적이 있다. 가능성이 있었던 질병이 아닌 것으로 판명이 나서 곧 다시 먹을 수 있게 되었지만, 이 시간을 지나면서 나는 라면 없는 미래를 잠시 살아보았고, '상상만으로도 괴롭다'는 표현의 의미를 다시금 깨닫게 되었다. 그래서 장기적인 목적을 위해 당장의 식습관을 조금 바꾸기로 했다.

목표는 라면을 계속 먹는 삶이다. 목표를 달성하기 위해서는 라면 이외의 식단을 신경 써야만 한다. 라면을 먹는 날 다른 한 끼는 무조건 소금이 덜 들어간 음식으로 준비하고, 야채를 더 많이 먹을 수 있도록 따로 챙길 것이다. 물론 단백질 섭취도 잊지 말아야 한다. 평소에 물도 많이 마셔야 하고, 나트륨이 많이 들어간 과자를 간식으로 먹는 것도 자제해야 함은 물론이다.

라면 외의 인스턴트 식품을 줄이는 게 특히 중요하다. 전자레인지와 내 사랑 에어프라이어에 돌리는 냉동식품들도 퇴출이다. 라면 다음으로 좋아하는 떡볶이는 친구들을 만날 때만 먹는 게 좋겠다. 오후에 일어나는 바람에 새벽배송으로 시킨 냉동 즉석떡

볶이가 문 앞에서 다 녹아버렸으니 "어쩔 수 없이 지금 먹어야겠네." 하며 은근한 웃음을 머금은 채로 냄비에 물을 올리는 일을 더는 하지 못하게 되었다.

슬픈 일이지만 이런 슬픔쯤은 라면 없는 세상의 슬픔과는 비교할 수 없다는 걸, 그 세상을 상상 속에서 살아본 나는 이미 알고 있다. 장 건강을 지켜야 하니 유산균을 챙겨 먹고, 운동도 꾸준히 해야 한다. 라면을 건강하게 먹는 법 같은 건 없다. 라면을 먹기 위해 건강해지는 법만 있을 뿐이다.

언제나 그 자리에 있는 라면처럼

책을 라면에 비유한다면, 나는 어떤 라면 같은 글을 쓰고 싶은 걸까.

신라면 같은 책은 쓰고 싶지도 않지만 쓸 수도 없을 것이다. 누구나 인정하는 부동의 1위인 데다가, 조금 달라진 모습으로 나타나도(신라면 블랙 이야기다.) 일단은 지지를 받고 보는 책이라고 할 수 있을 텐데, 그런 작가도 그런 책도 쉽게 떠오르지 않는다.

그렇다면, 진라면 같은 책은 어떨까? 천천히, 꾸준히 성장해 1위의 아성을 위협할 정도로 사랑을 받는다니, 정말 멋진 일이다. 매운맛과 순한맛 모두가 다 매력적이라는 점도 좋다. 진라면 같은 책을 쓰는 건 아무래도 아주 높은 이상, 굉장한 목표가 아닐까 싶다.

팔도 도시락 컵라면 같은 책을 쓸 수 있어도 기쁠 것 같다. 러시아에서는 도시락이 라면의 대명사로 불릴 정도로 인기가 있다고 한다. 한국에서는 아주 약간의 인지도만 있는 라면이지만 다른 나라 어딘가에서는 큰 사랑을 받고 있다는 것에 자부심이 느껴지지 않는가?

단독으로도 더할 나위 없이 훌륭하고 인기도 많지만, 서로를 만나 세계로 뻗어나간 짜파게티와 너구리 같은 독특한 콤비는 어떤가? 누군가와 함께 책을 쓰거나 무언가 만든다면 목표는 단언컨대 짜파구리다.

말은 이렇게 하고 있지만, 한국의 라면 시장은 베스트셀러가 스테디셀러가 되고, 많지 않은 수의 라면이 아주 오래 사랑받는 그런 시장이다. 앞에 언급한 모든 라면은 짧아도 30년 넘도록 많은 사랑을 받아왔다. 작가로서 나도 당연히 가능하기만 하다면 베스트셀러에 스테디셀러이기까지 한 책을 쓰고 싶지만, 30년 넘게 사랑을 받고 소비되는 무언가를 만들 수 있을 거라는 생각은 도저히 들지 않는다.

역시 라면 같은 책을 쓴다는 건, 그게 어떤 라면이든 너무 큰 꿈이다. 요새는 책을 냄비받침으로 쓰는 경우는 많지 않은 것 같으니, 컵라면 위에 얹어두면 뚜껑이 잘 밀착하여 덮이는 책 정도만 되어도 고마울 것 같다. 그러기에 이 작은 책, 딱 적당하지 않을지.

이 책을 쓰는 내내 라면을 먹었다. 새벽 2시에 칼빔면을 끓인 날도 있고, 순두부 열라면은 실패를 거듭해가며 나만의 맛 포인트를 잡았다. 늘상 먹던 라면은 물론이고, 오랫동안 먹지 않았던 라면들을 일부러 찾아 맛보기도 했다. 삼양 나가사키짬뽕 라면도 그렇게 다시 먹어보게 됐다. 한 예능 프로그램의 아이템으로 개발된 팔도 꼬꼬면이 정식 출시되면서 흰 국물 라면의 열풍이 잠깐 불었던 시기에도 나는 꼬꼬면보다 나가사키짬뽕파였다. 나가사키짬뽕이 꼬꼬면보다 먼저 출시됐는데 사람들은 예능에 나온 꼬꼬면을 나가사키짬뽕이 따라 했다고 생각하는 경우가 많았다. 나가사키짬뽕으로서는 억울했을 것이다. 그 억울함을 조금이라도 덜어주기 위해서는 당연히 아니고, 맛있어서 자주 먹었다.

나가사키짬뽕은 보통의 경우보다 조금 더 물을 잡아 끓였고, 냄비째로 식탁 위에 두고 면을 다 먹은 다음 남은 국물에는 찬밥을 넣고 달걀을 풀어서 죽을 만들어 먹으면 든든한 한 끼가 됐다. 지나치게 든든하기도 했지만, 아무래도 든든하다면 좋은 것이니까. 어느 날부터인가 별 이유 없이 먹지 않게 되었는데, 매일 라면에 대해 생각하다 보니 '그때 그 라면 참 좋아했었는데….' 하고 문득 떠오른 것이다. 도대체 그때 그 라면은 어디 갔을까? 찾아보니 내 관심에서만 멀어졌을 뿐 단종되지 않고 계속 판매되고 있었다. 심지어 잘 팔리고 있었다. 그리고 여전히 맛도 있었다.

그 정도면 딱일 것 같다. 누군가 나의 글을 즐겨 읽다가, 내 책을 좋아했다가, 내 드라마를 열심히 봤다가, 한동안 그런 작가가, 책이, 드라마가 있었다는 것조차 잊고 살 수도 있을 것이다. 그랬다가도 어느 날 갑자기 생각이 나서 찾아봤을 때, 내가 계속 쓰고 있고, 내가 쓴 것들이 또 어디선가는 잘 팔리고 있다면 좋겠다. 사는 것도 쓰는 것도 언제나 재미있다면 좋겠다.

라면과 함께 살았기 때문에 라면을 추억하면 과거가 딸려나왔다. 이 책을 쓰면서 미래에 벌어질 일 같은 건 전혀 모르는 채로 나중이 되면 애틋할지도 모를 추억 속에 살아갔던 과거의 나를 물끄러미 다시 보는 일을 반복했다. 미래의 나는 또 지금은 상상

조차 못한 시간을 보내면서 오늘의 내가 지나가고 있는 시간을 복잡한 마음으로 돌아보겠지만, 그때도 나는 어디선가 라면을 먹고 있을 것이다. 맛있게. 이 것만은 의심의 여지가 없다.

009　　　　　　　라면

지금 물 올리러 갑니다

1판 1쇄 펴냄 2021년 3월 5일　　　지은이 윤이나
1판 4쇄 펴냄 2024년 1월 15일

편집 김지향 황유라 정예슬
교정교열 안강휘
디자인 박연미
일러스트 김다예
미술 이미화 김낙훈 한나은 김혜수
마케팅 정대용 허진호 김채훈 홍수현 이지원 이지혜 이호정
홍보 이시윤 윤영우
저작권 남유선 김다정 송지영
제작 임지헌 김한수 임수아 권순택
관리 박경희 김지현 이지은

펴낸이 박상준
펴낸곳 세미콜론
출판등록 1997. 3. 24. (제16-1444호)
06027 서울특별시 강남구 도산대로1길 62
대표전화 515-2000
팩시밀리 515-2007
편집부 517-4263　　　　　　　세미콜론은 민음사 출판그룹의
팩시밀리 515-2329　　　　　　　만화·예술·라이프스타일 브랜드입니다.
　　　　　　　　　　　　　　　　www.semicolon.co.kr
ISBN
979-11-91187-69-4 03810　　　　트위터 semicolon_books
　　　　　　　　　　　　　　　　인스타그램 semicolon.books
　　　　　　　　　　　　　　　　페이스북 SemicolonBooks
　　　　　　　　　　　　　　　　유튜브 세미콜론TV